www.ingramcontent.com/pod-product-compliance
Lightning Source LLC
LaVergne TN
LVHW050947051026
849532LV00005B/1738
9789358723069

کھلی کھڑکی

(کہانیاں)

مرتبہ:

اعجاز عبید

Khuli Khidki *(Short Stories)*
by: Aijaz Ubaid
Edition: May '2024
Publisher :
Taemeer Publications LLC (Michigan, USA / Hyderabad, India)

ISBN 978-93-5872-306-9

کتاب	:	**کھلی کھڑکی** (کہانیاں)
مرتب	:	**اعجاز عبید**
صنف	:	فکشن
ناشر	:	تعمیر پبلی کیشنز (حیدرآباد، انڈیا)
سالِ اشاعت	:	۲۰۲۴ء
صفحات	:	۸۰
سرورق ڈیزائن	:	تعمیر ویب ڈیزائن

فہرست

کسی ایک لمحہ

مشرف عالم ذوقی

وہ کھیلتے کھیلتے ٹھہر گئے تھے —

جبکہ ان کے گھر والوں کی آنکھیں بھیانک انداز سے ٹی وی اسکرین پر جمی ہوئی تھیں — سانسیں تیز — بریکنگ نیوز میں ممبئی بم دھماکے کی خبریں اب جسم میں خوف پیدا کر رہی تھیں۔

'جنگ ہی واحد حل ہے ۔۔۔'

نینی نے گھوم کر دیکھا۔ یہ اس کے ڈیڈی تھے۔ غصے میں بھرے ہوئے — 'ہر چیز کی ایک حد ہوتی ہے۔ وہ اب اپنی حدیں پار کر رہے ہیں۔'

'چھوٹا سا تو ملک ہے پاکستان' ہمارا ملک کچھ کرتا کیوں نہیں؟' ولوم نے گھوم کر دیکھا — یہ ماں تھی۔

ولوم اور نینی کی آنکھیں بھی ٹی وی اسکرین کو غور سے دیکھ رہی تھیں۔ لیکن اب وہ آہستہ آہستہ دوسرے مسائل پر بھی تبادلۂ خیال کرنے لگے تھے۔ جیسے گرمی بہت بری ہے۔ ٹونا میڈم ولوم کو بالکل بھی پسند نہیں۔ جے سر ہمیشہ غصے میں رہتے ہیں اور اسکول شاید پھر بند ہو جائے۔ اس لیے کہ ممّی اور ڈیڈی بھی جنگ کے حق میں ہیں۔ جنگ ہو گی تو اسکول اپنے آپ بند ہو جائے گا۔

ممّی نے ہاتھوں کی کنگھی سے بال سنوارے۔ 'اب پاکستان کو مزہ چکھا دینا چاہئے۔ آخر ایٹم بم ہیں ہمارے پاس۔۔۔'

ڈیڈی کی آنکھوں میں ممّی کو نیچا دکھنے کی جھلک ـــ اور پاکستان؟ ایٹم بم تو اس کے پاس بھی ہیں۔'

'پھر جنگ نہیں۔۔۔'، ممّی کے جسم میں تھر تھراہٹ سی پھیل گئی تھی۔

'لیکن کچھ تو کرنا ہو گا نا۔۔۔ آزادی کے ٦١ سالوں میں وہ بار بار ہمارا سکون، ہمارا امن و چین درہم برہم کرتے رہے ہیں۔ ہم ان سے محبت کی امید کرتے ہیں اور وہ فدائین کی شکل میں اپنا یم دوت بھیج دیتے ہیں۔ برداشت کی بھی حد ہوتی ہے۔ اب ایک ہی حل ہے نفرت۔ ہم ان کے خلاف بھی جنگ کا اعلان کر دیں۔ نفرت کریں ان سے۔ پاکستانی ہونے کے ہر احساس سے نفرت کریں۔ ان کے گانے نہیں سنیں، ان کے فنکاروں کو یہاں آنے نہیں دیں۔ ہندستان کو پاکستان کی حمایت کرنے والے ہر جذباتی شخص سے خالی کر دیں۔'

نینی اور ولوم نے پھر مڑ کر ممّی اور ڈیڈی کی طرف دیکھا۔ نینی کی عمر دس سال تھی۔ ولوم ١٢ سال کا۔ اب دونوں کی آنکھوں میں ایک کشمکش سی چل رہی تھی۔ ٹی وی اسکرین پر اب اس فدائین چہرے کو دکھایا جا رہا تھا، جس کی شکل میں ہندستان کو ایک اہم ثبوت مل گیا تھا۔

'ارے اس کی آنکھیں تو دیکھو،' نینی چیخی ـــ 'کتنی پیاری ہیں۔'

'پاگل ہو' ـــ ولوم غصہ میں تھا ـــ 'یہ دہشت گرد ہے۔'

'کیوں؟ آتنک وادیوں کی آنکھیں پیاری نہیں ہو سکتیں؟'

'نہیں؟'

'نہیں کیوں؟ اسے بھی تو بھگوان نے بنایا ہے۔ چہرہ تو دیکھو۔۔۔ کتنا پیارا ہے۔ بھولا بھالا سا۔'

ولوم دانت بھینچ کر بولا — 'پاگل ہو تم۔ آتنک وادی بھولے بھالے نہیں ہوتے۔ ڈیڈی کہتے ہیں، یہ لاشوں کے سوداگر ہیں۔'

'پھر لاشوں کے سوداگر کے چہرے بھگوان اتنے بھولے بھالے کیوں بناتا ہے؟'

'یہ تو بھگوان جانے۔'

'اچھا۔ یہ اس کے ہاتھ کی پٹّی میں کیا ہے؟ کالی پٹّی۔۔۔؟'

'ارے ہاں۔۔۔' ولوم چونکا۔ 'ممکن ہے، اس کی ماں نے باندھی ہو۔ اس کی لمبی عمر کے لیے۔۔۔ وہ۔۔۔ میرا دوست ریحان ہے نا۔۔۔ وہ بھی اپنے بازو پر باندھتا ہے۔ اس نے مجھے دکھایا تھا۔۔۔'

'تم پاگل ہو، ۲۶ جنوری کے دن ایسی پٹّیاں ہم نے بھی تو میڈم سے خریدی تھی۔ میڈم نے کہا تھا، اس کے پیسے کینسر مریض کو جائیں گے۔'

نینی کو کچھ یاد آگیا — 'تمہارا دوست فرحان بھی تو مسلمان ہے۔'

'ہاں، ہے تو۔'

'تو وہ بھی پاکستانی ہوا؟'

ولوم سوچ میں ڈوب گیا تھا — 'ارے ہاں۔ اور اس کے بازو میں بھی پٹّی بندھی ہے۔۔۔ یہ تو مجھے یاد ہی نہیں رہا؟'

ولوم کے چہرے کے رنگ بدل رہے تھے۔۔۔ 'تو کیا فرحان بھی۔۔۔؟'

'نہیں۔۔۔ نہیں۔۔۔' نینی کے چہرے پر الجھن کے آثار تھے۔۔۔ 'وہ اتنا کیوٹ

ہے۔۔۔'

'پیارا تو یہ بھی ہے۔۔۔ جیسا کہ تم کہتی ہو۔ اس کی آنکھیں۔ اس کا چہرہ۔۔۔' ولوم نگاہ اٹھا کر ٹی وی اسکرین پر اس چہرے کو غور سے دیکھ رہا تھا، جسے ممبئی حملوں کا اہم مجرم مانا جا رہا تھا۔

فرحان کے نام پر اچانک پورا منظر بدل گیا تھا۔ کمرے میں اینکر کے چنگھاڑتے لفظوں کے باوجود جیسے ایک گہرا سناٹا چھا گیا تھا۔

ولوم نے بات بدلی—'وہ تم ڈائناسور کے بارے میں بتا رہی تھیں۔۔۔؟'

'ہاں۔۔۔ ساڑھے چھ کروڑ سال پہلے یہ بڑے بڑے جسم والے ڈائناسور اچانک غائب ہو گئے۔ گلوبل وارمنگ کے سبب یا پھر درجہ حرارت میں ہونے والی تبدیلیوں کی وجہ سے زمین سے ان کا خاتمہ ہو گیا۔۔۔'

'پھر۔۔۔؟'

'کیونکہ ڈائناسور ٹھنڈ میں ہی جیتے تھے۔ لیکن وہ پھر سے گلوبل وارمنگ کے بدلتے درجۂ حرارت میں دوبارہ جی سکتے ہیں۔'

'کیا یہ ممکن ہے؟'

'کیوں نہیں؟' نینی کی آنکھوں میں ابھی بھی اس دہشت گرد کی تصویر گھوم رہی تھی۔

'سب کچھ ممکن ہے لیکن ان کا ختم ہو جانا ہی اچھا ہے۔'

لیکن شاید اس وقت دونوں کو ہی ڈائناسور کی اس گفتگو میں کوئی دلچسپی نہیں تھی۔ آنکھیں جیسے اسکرین پر مرکوز تھیں۔ سنسنی خیز مناظر کے درمیان اب شاید دونوں کی آنکھوں میں صرف فرحان کا چہرہ تھا۔

'وہ تمہارے ساتھ پڑھتا ہے نا۔۔۔؟' نینی کی آنکھوں میں امید تھی۔

'ہاں۔'

'تمہیں اس سے ڈر تو نہیں لگتا۔۔۔؟'

'پاگل! ڈر کیوں لگے گا۔۔۔؟'

'نہیں۔۔۔ میرا مطلب ہے، تم نے کہا کہ۔۔۔ وہ بیحد کیوٹ دکھتا ہے۔۔۔؟'

'ہاں۔۔۔'

'اور وہ پٹّی بھی باندھتا ہے۔۔۔؟'

'ہاں۔۔۔'

یہ وہی وقت تھا جب آسمان سے ایک ہوائی جہاز کے گزرنے کی آواز آئی تھی —

نینی زور سے بولی — ہوائی جہاز۔۔۔

ولوم نے کہا — چلو باہر چلتے ہیں۔

دونوں بھاگ کر گارڈن میں آ گئے۔ گارڈن کے پاس والی سیڑھیوں پر بیٹھ گئے۔ نیلے آسمان کو دیکھتے ہوئے۔ پھولوں کی خوشبو کے احساس سے دور۔۔۔ جیسے وہ ایک دوسرے سے کچھ کہنا چاہ رہے ہوں۔۔۔ مگر شاید لفظ زبان تک آ کر۔۔۔ راستہ بدل رہے ہوں۔۔۔

ہوائی جہاز۔۔۔ جیوں۔۔۔ کی آواز کے ساتھ چکر کاٹتا ہوا دوبارہ وہاں سے گزرا۔۔۔

'تم نے کچھ کہا کیا۔۔۔؟' نینی نے پوچھا۔

'نہیں تو۔۔۔' ولوم نے کہا۔۔۔ 'اور تم نے۔۔۔'

'نہیں تو۔۔۔'

دونوں چپ تھے —

ہوائی جہاز چکر کاٹتا ہوا گم ہو گیا تھا — نینی کی آنکھوں میں اب بھی دہشت گرد کے ساتھ فرحان کا چہرہ گھوم رہا تھا۔ اس نے ولوم کی طرف دیکھا —

'ایک بات پوچھوں۔۔۔؟'

'پوچھو۔۔۔'

'تم نے اس دہشت گرد میں فرحان کا چہرہ دیکھا کیا؟'

'نہیں تو۔۔۔' کہتے کہتے ولوم ٹھہرا — اور تم نے۔۔۔؟'

'میں نے بھی نہیں۔'

ہوائی جہاز کی آواز بھی کھو گئی تھی — دونوں خوشی سے بھاگتے ہوئے تیز تیز اندر کی جانب بڑھ گئے۔

***

مراجعت

خاور چودھری

آج اُسے مس رچنا بے طرح یاد آ رہی تھی۔ مس رچنا کی سفید پنڈلیوں پر جب پہلی بار اُس کی نظر پڑی تھی تو پھر وہیں ٹھہر گئی تھی اور اُسے یاد ہی نہیں رہا تھا کہ پنڈلیوں سے اُوپر بھی جسم بلکہ مکمل جسم موجود ہے۔ پھر یہ معمول بن گیا، مس رچنا جب اپنے دفتر کی سیڑھیاں چڑھ رہی ہوتی یہ اپنے کیبن سے نکل کر اُس کی پنڈلیوں پر نگاہیں جما لیتا۔ روئی کے گالوں جیسی سفید پنڈلیاں تو اس کے اوسان میں پیوست ہو کر رہ گئی تھیں۔ اُٹھتے بیٹھتے، چلتے پھرتے ہمہ وقت ایک وہی تو عکس تھا جو اس کے ذہن کے پردے پر منور رہتا۔ تب کہیں اس کا یہ انہماک مس رچنا کی تاک میں آ گیا۔ اگلے روز جب وہ پوری طرح اس عمل میں منہمک تھا تو پنڈلیاں اچانک تھم گئیں' پھر پلٹیں۔ اُسے تب احساس ہوا جب مس رچنا نے اُس کی ٹھوڑی کے نیچے اپنی انگلی ٹکا کر حکم دیا کہ وہ اُس کی طرف دیکھے۔ وہ اتنی جرأت کہاں رکھتا تھا اور اَب تو وہ پوری طرح زمین میں گڑ چکا تھا۔ اُس کی چوری پکڑی گئی تھی اور وہ خود کو دنیا کا غلیظ ترین شخص سمجھ رہا تھا۔ وہ سوچ رہا تھا بھلا مس رچنا کی شفاف پانیوں جیسی پنڈلیاں اس لائق ہیں کہ اُن پر نظروں کا میلا بوجھ رکھا جائے۔

سوچیں دُور کہیں بھٹک رہی تھیں اور دماغ و دل اُس کا ساتھ چھوڑ گئے تھے، جب وہ کانپنے لگا تو رچنا نے کہا "خوف زَدہ ہو! پھر دیکھتے کیوں ہو؟

وہ تو اپنی زندہ لاش کے سرہانے کھڑا تھا۔ لفظ ہوتے تو اُس کا ساتھ دیتے۔ رچنا اُسے اس کی لاش پر روتا ہوا چھوڑ کر سیڑھیاں چڑھ گئی۔ پھر وہ اپنی کیبن سے کبھی نہ نکل سکا۔

ایک روز مس رچنا اچانک اس کے پاس آ گئی۔ ہاتھ میں کافی کا مگ بھی پکڑا ہوا تھا۔ وہ رچنا کو دیکھ کر یوں اُچھل کر اپنی جگہ پر کھڑا ہوا جیسے اسپرنگ کو دبا کر چھوڑ دیا گیا ہو۔ زبان اُس کی اب بھی کچھ کہنے سے قاصر تھی اور نگاہیں اُس کے اپنے ہی جوتوں کو ماپ رہی تھیں۔ تب رچنا نے کہا

" دیکھو! زندگی اس کا نام نہیں، میں نے یہ تو نہیں چاہا تھا کہ تم یوں سہم کر بیٹھ جاؤ۔ میں تو تمھیں صرف یہ بتانا چاہتی تھی کہ دُنیا میں پھیلی ہوئی تمام خوب صورتیاں انسان کے لیے ہیں مگر یہ ضروری نہیں کہ ہر شے پر اسے قدرت بھی ہو۔ بس اتنی سی بات ہے۔ تم اچھے ہو، بلکہ بہت اچھے ہو مگر میری پنڈلیاں تمھاری نظروں کی کاٹ نہیں برداشت کر سکتیں، کیوں کہ وقت بہت پہلے مجھے کسی اور کے حوالے کر چکا ہے اور اَب میں بارہ سال کے بیٹے کی ماں ہوں۔ تم سمجھتے ہو گے میں اس بڈھے جارج موہن کی سیکرٹری کسی مالی ضرورت کے تحت بنی ہوں تو یہ تمھارا مغالطہ ہے۔ میرا شوہر بہت امیر آدمی ہے۔ شہر میں اُس کا بہت بڑا کاروبار ہے اور سیکڑوں لوگ اُس کے ہاں ملازم ہیں۔ میں تو۔۔۔۔۔ اچھا چلو چھوڑو۔ تم زندگی سے اپنا حصہ کیوں نہیں لے لیتے؟ جوان ہو، خوب صورت ہو اور پھر قابل بھی۔"

وہ مسلسل خاموش تھا اور مس رچنا اُس پر اپنا آپ ظاہر کر کے جا چکی تھی۔ اُسے یوں محسوس ہو رہا تھا جیسے اُس کے بازو کندھوں کے جوڑوں سے اُکھڑ کر زمین پر گرنے جا رہے ہوں۔ وہ اپنے ایک ہاتھ سے دوسرے کو سہارا دینے کی ناکام کوشش کرتا رہا۔ ری پیٹر گن اُس کے ہاتھ سے گر کر کیبن کے ایک کونے میں لڑھک گئی اور وہ خود کرسی پر

ڈھے گیا۔ ایک معمولی سیکورٹی گارڈ کی حیثیت ہی کیا ہوتی ہے جو کسی کے سامنے لب کشائی کی جرأت کر سکے۔ سکوت کی تہہ اُس کی زندگی پر پڑی تو مسلسل چٹان بنتی گئی اور وہ پتھر ہو گیا۔

بہت دنوں بعد اُسے اپنے زندہ ہونے کا گمان گزرا تو وہ اپنا حصہ ڈھونڈنے کے لیے انسانوں کے ریلے میں بہہ گیا۔ اُس نے بہت کوشش کی کہ وہ اُن پنڈلیوں کو بھول جائے مگر وہ تو جیسے اُس کے دماغ میں اُگی ہوئی تھیں، کسی کروٹ اُسے چین ہی نہیں لینے دیتی تھیں۔ وہ زندگی سے اپنا حصہ وصول کرنے کے لیے بہت لمبا سفر کر آیا تھا۔ اَب وہ سیکورٹی گارڈ چھوٹی سی فرم کا مالک تھا اور ایک خوب صورت سیکرٹری ہر وقت اُس کے سامنے موجود رہتی' پورے پکے ہوئے پھل کی طرح۔ وہ جب چاہتا اُسے کھا سکتا تھا۔ اُس کی پنڈلیاں رچنا سے کہیں زیادہ پُر کشش تھیں مگر اُس کے لیے نہیں۔ وہ تو اپنی اس حِس کو پندرہ سال پہلے گروی رکھ آیا تھا۔

وہ صبح اُس کے لیے بہت تحیر خیز اور فرحت آمیز تھی جب عینی نے اُس کے دفتر میں ملازمت کے لیے درخواست دی تھی۔ عینی نے اُس کے سوئے ہوئے جذبات کو جھنجھوڑ کر رکھ دیا تھا۔ اُس کی سنہری پنڈلیاں اُسے رچنا سے بھی خوب صورت دکھائی دی تھیں۔ وہ یہ موقع ضائع نہیں کرنا چاہتا تھا، اس لیے فوراً اُسے ملازمت دے دی۔ وہ چاہتا تھا فوراً ان سارے خوب صورت لمحوں کو اپنی بانہوں میں سمیٹ لے اور زندگی سے اپنا پورا پورا حصہ وصول کر لے اور پھول کا سارا رس کشید کر لے مگر ہر بار اُس کے اندر موجود بزدل سیکورٹی گارڈ اُس کا راستہ روک لیتا۔ اسی کشمکش میں کئی ماہ گزر گئے اور اُس کا سفر سنہری پنڈلیوں کے طواف تک رہا۔ اُس کی نگاہیں اسی عمل کو مسلسل دہراتے جا رہی تھیں۔ بھونچال تو تب آیا جب عینی نے اپنی شادی کا دعوت نامہ اُس کے سامنے رکھا اور اصرار کیا

کہ وہ اُس کی شادی میں ضرور شریک ہو۔ ایک بار پھر اُس کے بازو کام چھوڑ چکے تھے اور وجود پر لرزہ طاری تھا۔ اُس کی نظریں اس کے اپنے ہی جوتوں کو ماپتی تھیں۔ عینی نے اُس کی حالت بگڑنے پر تشویش ظاہر کرتے ہوئے کہا" سر! سب خیریت تو ہے؟" پھر جلدی سے کانچ کے پیالے میں اُسے ٹھنڈا پانی ڈال کر پلایا۔ لیکن اُس کے من میں روشن ہونے والا الاؤ اُسے جلا کر راکھ کر رہا تھا۔ اُس نے سوچا ہر بار زندگی میں اُسے ہی اپنے حصے کے لیے کیوں تگ و دو کرنا پڑتی ہے۔ وہ بڑبڑایا اور صرف اتنا کہا

"نہیں! اَب میں ایسا نہیں ہونے دوں گا۔" عینی چلی گئی مگر وہ وقت کی بھاری سلوں تلے آ چکا تھا۔ ٹھنڈے پسینے اُسے نڈھال کر رہے تھے۔ پھر اُس نے ایک فیصلہ کیا' بزدل سیکورٹی گارڈ کا نہیں بلکہ دلیر عاشق کا۔ کم از کم وہ یہی سمجھتا تھا کہ وہ بہادر ہے اور عشق اور جنگ میں سب کچھ جائز ہوتا ہے۔

اُس کے آدمی عادل کو اُٹھا کر لے آئے تھے اور اُس کے ہاتھ پشت کی جانب بندھے ہوئے تھے۔ نکلتے ہوئے قد کا یہ سانولا سا نوجوان کسی بھی طرح عینی کے لائق نہیں، پھر عینی اس سے کیوں شادی کرنے جا رہی ہے؟ پھر یہ دو ٹکے کا چھورا عینی کو دے بھی کیا سکتا ہے، جب کہ میں اُسے ہر طرح کی راحت دے سکتا ہوں۔ محل نما بنگلے میں رکھ سکتا ہوں اور پوری محبت کر سکتا ہوں، پورے کا پورا اُس کا ہو سکتا ہوں۔ اُس نے سوچا۔ پھر اُس نے اپنے کوٹ کی جیب سے پستول نکال کر عادل کی کنپٹی پر رکھ دی اور تلخ لہجے میں کہا" چھوڑ دو عینی کو"

"اوہ۔۔۔ اب سمجھا" عادل نے نہایت تیزی سے جواب دیا۔ "میں اُسے نہیں چھوڑ سکتا' آپ چلائیں گولی' اس طرح آپ کا راستہ صاف اور منزل آسان ہو جائے گی۔ "نوجوان دھن کا پکا تھا۔ اُس سے بھی زیادہ بہادر اور محبت کرنے والا۔ تب اچانک اُسے

رچنا کے کہے ہوئے جملے یاد آ گئے۔ اُس کی قوت کا مینار اُس کے اندر ہی گر کر چُور ہو چکا تھا اور وہ پستول کو اپنی جیب میں ڈالنے کے بعد عادل سے مخاطب تھا:

ویل ڈن جوان! میں تمھیں آزما رہا تھا کہ تم عینی کے قابل ہو بھی کہ نہیں، تم امتحان میں پورے اُترے ہو۔ تمھاری شادی دھوم دھام سے اور میرے اخراجات پر ہو گی۔

پھر عینی سچ مچ عادل کی ہو گئی اور سیکورٹی گارڈ نے اُسے اس طرح بیاہا جیسے کوئی اپنی بیٹی بیاہتا ہے۔

آج اُسے رچنا بے طرح یاد آ رہی تھی اور اُس کی باتیں بھی۔ اُسے لگا کہ وہ اُس کی کیبن میں آ کر اُس کی ٹھوڑی کے نیچے انگلی ٹکائے اُسے اپنی طرف دیکھنے کا حکم دے رہی ہے۔

***

کھلی کھڑکی

ترجمہ : عالم اعظمی

"میری انٹی ابھی تھوڑی دیر میں آتی ہو گی۔ مسٹر نٹل ! تب تک آپ کو مجھے برداشت کرنا ہو گا۔" اس پندرہ سالہ خود نگر لڑکی نے کہا۔

فرامٹن نٹل (Fromton Nuttle) نے کچھ ایسی بات کہنے کی کوشش کی جو اس لڑکی کی تعریف و تحسین کے زمرے میں آئی ہو اور جو اس کی انٹی کے مقام و مرتبہ کے منافی نہ ہو۔ دل ہی دل میں اس کو یہ تذبذب ستائے جا رہا تھا کہ کیا واقعی اجنبی لوگوں کی پر تکلف ملاقاتوں سے اس کی اعصابی بیماری کا علاج ممکن ہے ؟

نٹل کی بہن نے اس کو اس دیہاتی آرامگاہ کو روانہ کرتے وقت کہا تھا کہ مجھے معلوم ہے کہ وہاں کیا ہو گا۔ تم وہاں کسی سے ملو گے نہیں اور اپنی حالت کو مزید خراب کر لو گے۔ لیکن میں تم کو ان لوگوں کے چند تعارفی خطوط دیتی ہوں جن سے میں واقف ہوں۔ اور جہاں تک مجھے یاد ہے ان لوگوں میں بعض لوگ بہت اچھے تھے۔

فرامٹن سوچنے لگا کہ مسز سپلٹن (Suppleton) جن کے لئے وہ اپنی بہن کا تعارفی خط لیکر آیا ہے، اس زمرے میں آئی ہوں گی یا نہیں۔

جب اس لڑکی نے محسوس کیا کہ خاموشی خاموشی میں کافی گفتگو ہو چکی تو اس نے پوچھا کہ کیا آپ یہاں کافی لوگوں کو جانتے ہیں۔ "کسی کو نہیں " نٹل نے جواب دیا۔

"کوئی چار برس قبل میری بہن یہاں ایک کلیسائی خانقاہ Rectory میں رہتی تھی اور اس نے چند لوگوں کے لئے تعارفی خطوط مجھے دیے ہیں۔"

اس نے آخری جملہ افسوس کے ساتھ ادا کیا۔

"صرف ان کا نام اور پتہ" مہمان نے جواب دیا۔

وہ اس شش و پنج میں تھا کہ مسز سپلٹن کے شوہر باحیات تھے یا انتقال کر گئے تھے۔ لیکن اس کے کمرے کے رکھ رکھاؤ سے ظاہر ہوتا تھا کہ وہاں کوئی مرد رہتا تھا۔

"میری انٹی کی زندگی میں ایک بہت بڑا سانحہ پیش آیا تھا۔ اس سانحہ کو آج ٹھیک تین سال مکمل ہوئے ہیں۔ اس وقت تک آپ کی بہن جا چکی تھی۔" اس لڑکی نے کہا۔

"سانحہ"؟ نہ جانے کیوں اس پر سکون اور پر فضا مقام پر حادثے بیجا ہو معلوم ہوتے ہیں نیٹل نے کہا۔

"آپ کو حیرت ہوتی ہو گی کہ اکتوبر کے مہینے میں دوپہر کے وقت وہ کھڑکی کیوں پوری کھلی ہوئی ہے"؟ لڑکی نے ایک بڑی کھڑکی (French Window) کی طرف اشارہ کرتے ہوئے کہا جو باہر لان کی طرف کھلی ہوئی تھی۔

"یوں تو اس موسم کے لیے یہ کھڑکی مزید گرمی کا باعث ہے۔ لیکن کیا اس کھڑکی کا اس حادثے سے کوئی تعلق ہے"؟ منٹل نے پوچھا۔

"تین سال قبل اس کھڑکی سے انکے شوہر اور ان کے دو بھائی شکار کے لئے گئے تھے۔ وہ لوگ لوٹ کر نہیں آئے۔ اپنی پسندیدہ شکار گاہ کو پہنچنے کے لئے ایک میدان پار کرتے وقت وہ لوگ ایک دلدل میں پھنس گئے۔ زمین کافی گرم اور تر تھی۔ وہ جگہیں جو عموماً محفوظ خیال کی جاتی تھیں، بے جان ہو کر بیٹھ گئیں تھیں۔ ان کی لاشیں بھی نہیں مل سکیں۔ یہ سب سے زیادہ تکلیف دہ بات تھی" لڑکی کی آواز میں کسی قدر کپکپی پیدا ہو گئی

تھی اور اس کا خود پسندانہ رویہ تھوڑی دیر کے لئے غالب ہو گیا تھا۔ بیچاری انٹی ہمیشہ یہی سوچتی رہتی ہے کہ وہ لوگ کبھی نہ کبھی اپنے کھوئے ہوئے کتے کے ساتھ واپس لوٹیں گے۔ اور اس کھڑکی سے ہو کر اندر داخل ہوں گے۔ اسی لئے وہ کھڑکی رات دیر گئے تک کھلی رکھی جاتی ہے۔ بیچاری انٹی اکثر مجھ کو بتایا کرتی ہیں کہ گھر سے نکلتے وقت ان لوگوں کا کیا انداز تھا یعنی ان کے شوہر اپنے ہاتھ پر رین کوٹ لٹکائے ہوئے اور ان کا چھوٹا بھائی ان کو ستانے کے لئے ان کی ناپسندیدہ دھن Bertie, Why do you bound گاتے ہوئے گھر سے نکلے تھے۔ کیا آپ جانتے ہیں کہ ایسی پر سکون شام میں مجھے یہ ڈراؤنا خیال آتا ہے کہ اس کھڑکی کی راہ سے آ جائیں گے۔"

یہ کہتے ہوئے وہ کسی قدر خوفزدہ سی ہو گئی۔ اتنے میں مسز سپلٹن تیزی سے اندر داخل ہوئیں۔ نٹل کو بڑا اطمینان ہوا۔ مسز سپلٹن نے دیر سے آنے پر معذرت چاہتے ہوئے کہا:

امید ہے کہ ویرا (Vera) نے اپنی دلچسپ باتوں سے آپ کی خاطر داری کی ہو گی۔

"ہاں کافی دلچسپ لڑکی ہے" نٹل نے کہا۔

مسز سپلٹن نے کہا کہ آپ شاید کھڑکی کھلی رہنے کا برا نہیں مانیں گے۔ میرے شوہر اور بھائی شکار سے سیدھے گھر آئیں گے اور اس کھڑکی سے اندر داخل ہوں گے۔ وہ دلدلی زمین میں پرندوں کے شکار کے لئے گئے ہوئے ہیں۔ اور جب لوٹیں گے تو کیچڑ میں سنے ہوئے پاؤں کے ساتھ میری قالینوں پر آ دھمکیں گے۔ ٹھیک آپ مرد لوگوں کی طرح۔ ہے کہ نہیں؟

وہ شکار کے بارے میں، پرندوں کی قلت کے بارے میں اور موسم سرما میں شکار کے امکانات کے بارے میں بولتی رہیں۔ نٹل کے لئے یہ بہت تکلیف دہ تھا۔ اس نے

موضوع بدلنے کی کوشش کی لیکن کامیاب نہ ہو سکا۔ "اس کو اس بات کا احساس ہو رہا تھا کہ اس کے میزبان کی توجہ پوری طرح اس کی جانب نہیں ہے ان کی آنکھیں بار بار اس کھلی ہوئی کھڑکی کی طرف اٹھ رہی تھیں۔ سوئے اتفاق سے اسے ایسے وقت یہاں آنا پڑا جب اس سانحہ کی برسی تھی۔ فرامٹن نٹل نے کہا ڈاکٹروں نے کہا کہ مجھے مکمل آرام کرنے اور کسی ذہنی پریشانی میں مبتلا نہ ہونے کا مشورہ دیا ہے۔ ان کا خیال ہے کہ جسمانی محنت سے بھی گریز کرنا چاہیے۔ "فرمٹن کو خوش فہمی تھی کہ اجنبی اور اتفاقاً ملنے والے لوگ اس کی بیماریوں، اسباب اور علاج کی تفصیلات جاننے کے خواہشمند رہتے ہیں۔ "لیکن غذا کے بارے میں ڈاکٹروں میں اتفاق رائے نہیں ہے۔ "اس نے سلسلۂ کلام جاری رکھتے ہوئے کہا۔

"اچھا! غذا کے بارے میں اتفاق رائے نہیں ہے" مسز سپلٹن نے غذا کے بارے میں غیر دلچسپ انداز میں جماہی لیتے ہوئے کہا۔ پھر یکایک وہ چونک اٹھی اور توجہ مبذول کی۔ لیکن نٹل کی طرف نہیں۔

"لو! وہ آ گئے۔ ٹھیک چائے کے وقت پر۔ کیا آپ دیکھ نہیں رہے ہیں کہ وہ ناک تک کیچڑ میں ڈوبے ہوئے ہیں۔

نٹل کانپ سا گیا۔ اور اس لڑکی کی طرف ہمدردانہ انداز میں دیکھا جو خوف سے کھڑکی کی طرف دیکھ رہی تھی۔ نٹل نے خوفزدہ ہو کر اچانک پلٹ کر کھڑکی کی طرف پلٹ کر دیکھا

شام کے دھندلکے میں اسے لان پر تین انسانی سائے نظر آئے جو کھڑکی کی طرف بڑھ رہے تھے۔ سب اپنی اپنی بغلوں میں بندوقیں دبائے ہوئے تھے۔ ایک شخص کے بازو پر رین کوٹ تھا۔

ان کے پیچھے پیچھے ایک کتا آ رہا تھا۔ وہ خاموشی کے ساتھ گھر میں داخل ہوئے۔ اور پھر ایک لڑکے کی آواز میں وہی مسز سیپلٹن کی ناپسندیدہ دھن سنائی دی۔

Berite, why do you bound

نٹل اپنی ٹوپی اور چھڑی پر جھپٹا اور ایسی تیزی کے ساتھ بھاگا کہ دیوان خانے کے دروازے، صدر دروازے اور دونوں کے درمیانی راستے تک کو خبر نہ ہو سکی۔ باہر ایک سائیکل سوار آ رہا تھا جو اس سے بچنے کے لئے جھاڑیوں کی باڑ سے جا ٹکرایا۔

رین کوٹ والے آدمی نے کہا "لو ہم آ گئے۔ مٹی میں لت پت۔ لیکن زیادہ تر سوکھ گئی ہے۔ وہ کون آدمی تھا؟ جو ابھی دوڑتا ہوا باہر بھاگا۔ مسز سیپلٹن نے کہا کوئی مسٹر سیپلٹن تھا۔ بڑا عجیب شخص تھا۔ صرف اپنی بیماری کی بات کرتا رہا۔ آپ کے آتے ہی بغیر الوداع کہے اور معذرت چاہے بھاگ گیا۔ جیسے اس نے کوئی بھوت دیکھا ہو۔

لڑکی نے کہا "غالباً یہ کتے کے خوف سے بھاگا ہے۔ اس نے مجھے بتایا تھا کہ وہ کتوں سے بہت ڈرتا ہے۔ ایک بار گنگا کے کنارے کسی قبرستان میں آوارہ کتوں کے جھنڈ نے اس کا پیچھا کیا۔ اور ایک نئی کھلی ہوئی قبر میں اسے ساری رات گزارنے پر مجبور کر دیا۔ وہ قبر میں بیٹھا رہا اور کتے اس پر بھونکتے رہے۔ اور ان کے جبڑوں سے جھاگ نکلتے رہے۔ اس طرح کا حادثہ تو کسی کو بھی خوفزدہ کرنے کے لئے کافی ہے۔"

فی البدیہہ رومانی کہانیاں گھڑنا اس لڑکی کی خاص ادا تھی!

***

یوم جمہوریہ

مجیب صدیقی

وہ بہت خوش تھا اسکے شہر میں ہر سمت ایک جوش تھا چھوٹے چھوٹے بچّے سفید پھولوں کی طرح یایوں کہے چلتے پھرتے ہوئے باغ۔ ہر طرف خوشیاں ہی خوشیاں ہر سمت جوش ہی جوش۔ کیوں معلوم نہیں؟ نہ وجہ جاننے کی فرصت نہ ہی وجہ جاننے کی ضرورت۔ ہو بھی کیوں۔ اسے تو یہ معلوم تھا کہ آج صبح اسے جانا ہے اپنے مالک کے گھر جلدی۔ بہت جلدی گھر صاف کرنا ہے خاص طور پر باہر کا وہ چبوترا اور وہ کھمبا جس سے بکری بندھی تھی لور اس کے چبوترے کو صاف کرنا ہے جو بکری کی مینگنیوں سے اتنا میلا ہو گیا ہے کہ اصل رنگت کیسی ہو گی جاننا مشکل ہے۔

پھر اسے وہ جھنڈا بھی اس کھمبے کے اوپر باندھنا ہے اور ہاں اس میں وہ پھول بھی باندھنا ہے جنہیں وہ کل شام ہی پڑوس کے گھروں سے مانگ لایا تھا۔ اس نے جھنڈا باندھا پوٹلی نما پھول بھر کر اور کسی بندر کی طرح کھمبے پر چڑھ گیا جھنڈا باندھا اور ڈوری لٹکا دی اور گھر چلا آیا۔

صاحب آئے اور معمول کی طرح ڈوری کھینچی جھنڈا ہوا میں لہرانے لگا، پھول ان کی کھلی ہوئی پیشانی پر گرے۔ مگر یہ کیا یہ تو الٹا تھا ہر طرف باتیں ہونے لگیں، جرم عاید کیا

جانے لگا، کسی نے صاحب کو دوش دیا، کسی نے ٹھاکر صاحب کو، اچانک سب کی نگاہیں اس پر پڑیں ارے اصل مجرم تو سامنے ہے اور اسے مرتکبِ جرم بنا کر یومِ جمہوریہ کے دن راشٹر دھوج کے اپمان میں قید کر لیا گیا۔۔۔۔۔۔

٭٭٭

بیساکھیوں پر کھڑے لوگ

نورالحسنین

اس آرام گھر میں دن تو بہت مزے سے گزر جاتا ہے لیکن رات۔۔۔اُف رات بڑی بھیانک ہوتی ہے۔ نیند آنکھوں سے ایسی غائب ہو جاتی ہے جیسے بھوک سے بلکتے بچے سے اس کی ماں دور کر دی جاتی ہے۔ لائٹ بجھاؤ۔ بستر پر لیٹ جاؤ، وقت کے گزرنے کا تصوّر کرو، کبھی اُٹھ کر بے سبب بیٹھ جاؤ اور خواہ مخواہ اندھیرے میں ادھر اُدھر دیکھتے رہو اور کبھی اندھیرے میں بننے والے تصوّرات سے خود کو خوف زدہ کر لو۔ کبھی کھِل اُٹھو۔۔۔ کبھی اس کروٹ اور کبھی اُس کروٹ نیند کو تلاش کرو لیکن پھر بھی آنکھوں میں اندھیرا جمنے نہیں پاتا۔ جیسے جیسے آنکھیں بند کرو، ویسے ویسے روشنی اور روشن ہونے لگتی ہے۔ بلکہ آنکھوں میں رنگوں کے انار چھوٹنے لگتے ہیں اور خیالات کا سمندر موجزن ہو جاتا ہے۔۔۔ تم تو آرام سے سو گئیں۔۔۔ تم نے یہ بھی نہیں سوچا کہ تمھارے اس طرح جانے سے میری زندگی کا ایک ایک پل کس طرح قیامت خیز ہو سکتا ہے ؟۔۔۔ نہیں۔۔۔ تم نے کچھ نہیں سوچا، بس چپ چاپ آرام سے سو گئیں اور لوگوں نے تمھاری بند آنکھوں کے باوجود چہرے پر نور کے جلوے دیکھے اور اطمینان کی ایسی سانس لی گویا تمھارا مجھ سے جدا ہونا بے حد خوشی کی بات رہی ہو۔ لوگ مجھے دلاسے بھی دے رہے تھے اور ساتھ ہی ساتھ تمھارے اطمینان کی ابدی نیند کی تعریفیں بھی کر رہے تھے لیکن

میں۔۔۔

ہاں میں اُس وقت سے لے کر آج تک تمھیں اسی طرح تلاش کر رہا ہوں جیسے کوئی بچّہ اپنے گم شدہ کھلونے کو ڈھونڈھتا ہے۔ کبھی تمھاری جھلک دور سڑک پر نظر آتی ہے اور میں دیوانوں کی طرح دوڑتا ہوا وہاں تک جاتا ہوں لیکن تم وہاں کہاں ہوتی ہو۔۔۔؟ کبھی تمھاری کوئی سرگوشی کانوں میں رس گھولتی ہے اور میں بے قابو ہو جاتا ہوں۔ کبھی خوشی سے چیخ اُٹھتا ہوں اور کبھی بسورنے لگتا ہوں۔۔۔ آہ۔۔۔ اب تو شائد زندگی میں بسورنا ہی لکھا ہے۔

"اِس طرح روتے کیوں ہو۔۔۔؟ ابھی تو رات کی چلمن پڑی بھی نہیں۔"

"تم کیا جانو۔۔۔ تم نے کبھی آرام گھر میں بسیرا کیا ہی نہیں۔۔۔ جب تک زندہ رہیں میرے مضبوط بازوؤں میں آرام سے سوتی رہیں لیکن میں۔۔۔ ہاں میں شاید اُن دنوں بھی دِن ہی سے رات کی فکر میں لگ جاتا تھا اور رات آتی تھی تو دِن کی فکر میں ڈوب جاتا۔۔۔!"

"تم نے ہمیشہ اُس وقت کو دیکھنے کی کوشش کی ہے جو ابھی امکانات کی ڈولی میں سویا ہوا ہوتا تھا۔۔۔!"

"ہاں شاید اِسی لیے میں زندگی کا صحیح لطف بھی اُٹھا نہیں سکا۔ برسات سے پہلے ہی بھیگ جاتا تھا میں۔۔۔!"

"اچھّا تو جناب۔۔۔ رِم جھم برسات میں بھیگنے کا لطف اُٹھا رہے ہیں۔۔۔!" اچانک وہ نظروں کے سامنے آ گئی۔ چہرے پر ایک عجیب سی فاتحانہ مسکراہٹ اور آنکھوں میں عجیب سی شرارت، وہ میرے سامنے بیٹھ گئی، "میں نے کتنی بار کہا ہے کہ میرے آنے سے پہلے آپ اپنے روم سے باہر قدم نہ نکالیں۔۔۔!" اُسے دیکھتے ہی میں ایک دم مسرور

ہو گیا اور وہ سارے خدشات جو کچھ دیر پہلے میری پریشانی کا سبب بنے ہوئے تھے ایسے غائب ہو گئے جیسے روشنی کی دستک پر اندھیرا غائب ہو جاتا ہے اور کوئی مجھے اندر ہی اندر سمیٹنے لگا۔ میرے چہرے پر مسکراہٹ پھیل گئی۔

"چلیے آپ کے روم میں چلتے ہیں۔۔۔!" وہ مجھے آرام گھر کے باغ سے اُٹھا کر پھر ایک بار روم میں لے آئی، "آپ نے پوچھا نہیں۔۔۔ آج مجھے آنے میں دیر کیوں ہو گئی۔۔۔؟"

"تم ایک ڈاکٹر ہو۔۔۔ مصروفیت تو رہنے والی۔۔۔!" میں اس کی آنکھوں میں وجہ تلاش کرنے لگا۔

"کوئی مصروفیت نہیں تھی۔۔۔!" وہ نہایت اپنائیت سے کہنے لگی، "صبح میں نے گاجر کا حلوا بنایا تھا سوچا میٹھا تو آپ کو بھی پسند ہے بس اسی کی خاطر اسپتال سے گھر گئی، حلوا لیا اور اب آئی ہوں۔۔۔!" اُس نے حلوے کا ڈِبہ میرے ہاتھوں میں تھما دیا۔ میں نے پھر ایک بار اس کی آنکھوں میں جھانکا۔ خلوص اُس کی آنکھوں سے کسی آبشار کی صورت میری اُجاڑ زندگی پر گر رہا تھا۔ میں نے گردن جھکا دی۔۔۔

"تو تمھیں آج بھی وہ بات یاد ہے۔۔۔؟"

"ہاں۔۔۔ میں کیسے بھول سکتی ہوں۔۔ تمھیں یاد ہے جب تم پہلی بار ہمارے گھر آئے تھے تو تم نے اُسی وقت ابّا جان سے کہہ دیا تھا کہ تمھیں میٹھا بے حد پسند ہے۔۔۔!"

"ہاں۔۔۔ اور تم تب سے مسلسل میرے لیے طرح طرح کے میٹھے بناتی رہی ہو۔۔۔ کبھی میرا دل جیتنے کی خاطر اور کبھی اپنی کسی فرمائش کی تکمیل کے لیے اور کبھی بس یوں ہی۔۔۔!"

"کہاں کھو گئے۔۔۔؟" ڈاکٹر نے مجھے ٹھوکا دیا، "آں ہاں۔۔۔" اور وہ کھکھلا کر ہنس

پڑی، "جب میٹھا اس قدر پسند ہے تو کھاتے کیوں نہیں۔۔۔؟" اور میں کسی مودب بچّے کی طرح اُس کے حکم پر عمل کرنے لگا۔

وہ بڑی عجیب سی لڑکی ہے۔ جب سے ملی ہے میرے دل و دماغ پر قبضہ کر رکھی ہے۔ وہ سامنے ہوتی ہے تو میں بس اس کا معمول بن کر رہ جاتا ہوں۔ وہ جو بھی کہتی ہے میں چپ چاپ کرنے لگ جاتا ہوں۔ لیکن جب وہ نہیں ہوتی ہے تو پھر ذہن میں ڈھیروں سوالات کلبلانے لگتے ہیں۔ کبھی دل چاہتا ہے کہ ان سوالوں کا جواب نہایت سنجیدگی سے سوچنا چاہیے اور کبھی طبعیت چاہتی ہے کہ ہٹاؤ مجھے کیا۔۔۔ اگر وہ عجیب سی لڑکی ہے تو ہوا کرے۔ میرا اُس سے رشتہ ہی کیا ہے۔۔۔؟ اور میں پھر سوچنے لگتا، کیا رشتوں کے بغیر بھی محبت قائم نہیں ہو سکتی۔۔۔؟ اور پھر وہ مجھے اپنے دل سے اِس قدر قریب محسوس ہوتی کہ میں کبھی اپنا وجود اور کبھی اُس کے وجود کو بھولنے لگتا ہوں۔ کبھی کبھی ایسا بھی ہوتا ہے کہ وہ ہفتوں ملنے نہیں آتی۔ غلطی سے فون بھی نہیں کرتی۔ اُن دنوں پتہ نہیں مجھے کیا ہو جاتا ہے۔ میں کچھ عجیب سا ہو جاتا ہوں۔ چڑچڑا، کچھ کچھ غصیلا، کبھی کھویا کھویا سا۔۔۔ اور پھر ایک حد ایسی آتی ہے کہ میں ٹیلیفون کے پاس بیٹھ جاتا ہوں اور میری انگلیاں اس کے فون کا نمبر ڈائل کرنے لگتی ہیں اور پھر خود ہی رُک جاتی ہیں۔۔۔ اور کوئی کانوں میں سرگوشی کرتا ہے۔۔۔ تم فون کروگے۔۔۔؟ اور پھر میں اپنے آپ میں واپس آ جاتا ہوں۔ اسی کشمکش میں اچانک اس کا فون آ جاتا ہے یا وہ خود چلی آتی ہے۔ ویسی ہی نٹ کھٹ، شریر، آنکھوں میں ہزار ہا سوالات لیے اور میں اُسے دیکھتے ہی نارمل ہونے لگتا ہوں۔

"تم آتی ہو تو کسی بہار کے جھونکے کا احساس ہوتا ہے۔۔۔!"

"سچ۔۔۔!" وہ مسکرائی، "اکثر لوگ مجھ سے یہی بات کہتے ہیں۔"

" کہتے ہوں گے۔۔۔" ایک ٹھنڈی آہ میرے دل سے نکلی۔۔۔تم مسیحا جو ٹھہری۔۔۔ میرا مطلب تم ایک ڈاکٹر ہو۔۔۔ اب مجھے ہی دیکھو۔ تم آتی ہو تو میں اپنے تنہائی کے غار سے باہر نکلتا ہوں۔۔۔"

" یہ غار تو خود آپ ہی نے بنوایا ہے۔۔۔" وہ اپنی جگہ سے اُٹھی اور میرے پلنگ کی پٹّی پر بیٹھتے ہوئے بولی، " آخر کیا ضرورت تھی آپ کو۔۔اپنے اکلوتے لڑکے کو سات سمندر پار بھیجنے کی۔۔۔ یہاں بھی تو اس کا مستقبل سنور سکتا تھا۔۔۔؟"

" ڈاکٹر شاید تم ٹھیک ہی کہہ رہی ہو۔ یہاں یہ ممکن تو تھا لیکن شاید یہاں رہتے ہوئے اس کا مستقبل اتنا روشن نہ ہوتا جو وہاں ہوا ہے۔۔۔ میرا خیال ہے ڈاکٹر تمھیں بھی اپنے روشن مستقبل کے لیے سوچنا چاہیے۔۔۔"

اُس کے چہرے پر طنز پھیل گیا۔

" اچّھا اگر میں یہاں سے دور سات سمندر پار چلی جاؤں تو تم میری غیر موجودگی کو برداشت کر سکو گے۔۔۔؟"

ایک لمحہ میں خاموش ہو گیا اور پھر بولا، " بالکل۔۔۔میں تمھاری جدائی۔۔۔ بلکہ طویل جدائی کو نہایت آسانی سے برداشت کر لوں گا۔۔۔ ارے تم جا کر تو دیکھو۔۔۔"

وہ بولی، " یہ بات میری آنکھوں میں آنکھیں ڈال کر کہو۔۔۔" لیکن میں نظریں چُرانے لگا۔ بلکہ نیچے زمین کو گھورنے لگا۔

میرے کانوں میں زور زور سے ہنسنے کی آوازیں آنے لگیں۔

" یہ تمھاری کوئی نئی عادت تو نہیں ہے۔۔۔ تم نے کبھی مجھے اپنے مائیکے میں ایک دن سے زیادہ رہنے بھی دیا۔۔۔؟ اور پھر جب میں مائیکے سے واپس تمھارے پاس آجاتی تو تمھیں میں ہمیشہ ہی عجیب سی لگتی۔۔۔"

"عجیب سی تو تم مجھے اُس وقت بھی محسوس ہوئی تھی جب پہلی بار تم مجھ سے ملی تھی۔۔۔ نہیں شاید تم عجیب سی محسوس نہیں ہوئی تھی بلکہ ایک عام سی لڑکی لگی تھیں۔ اوسط شکل و صورت اور اوسط ذہانت کی مالک۔۔۔"

"اور شاید اِسی خوش فہمی میں تم نے مجھ سے شادی کر لی تھی۔۔۔"

"حیدر صاحب۔۔۔ آپ آخر اس قدر گم صُم کیوں رہتے ہیں۔۔۔؟ کچھ کھوئے کھوئے سے۔۔۔ جیسے اندر ہی اندر کچھ ڈھونڈھ رہے ہیں۔۔۔"

"آں۔۔۔؟ نہیں تو۔۔۔" میں خیالات کے سمندر سے باہر نکلا، "اصل میں سوچ رہا تھا کہ ڈاکٹر تم میرے ساتھ اتنا خلوص کیوں برتتی ہو۔۔۔؟"

"اور اگر یہی سوال میں کروں تو۔۔۔؟" اس نے اپنے دونوں ہاتھ میرے کندھوں پر رکھ دیے اور میری آنکھوں میں جھانکتے ہوئے بولی، "میں آپ کی کیا لگتی ہوں۔۔۔؟ "اُس کی آنکھوں میں شرارت مچلنے لگی۔

"یہی سوال تو میں بار بار اپنے آپ سے کرتا ہوں، بلکہ جب پہلی بار تم مجھ سے ملی تھیں تب سے سوچ رہا ہوں۔۔۔" میں نے اس کے گال تھپتھپائے، "بتاؤ۔۔۔ آخر مجھے تمھارا انتظار کیوں رہتا ہے۔۔۔؟"

"اِس کا جواب بھی آپ اپنے آپ ہی سے پوچھیے اور مجھے یہ بھی بتایئے کہ آخر آپ میرے چہرے میں کیا تلاش کرتے رہتے ہیں۔۔۔؟"

"تم میں۔۔۔ تم میں۔۔۔" بقیہ الفاظ میرے حلق کے اندر ہی اٹک گئے۔

"ہاں ہاں۔۔۔ کہیے نا۔۔۔ کہیں میری۔۔۔ شباہت میں آپ کو کوئی اپنا تو یاد نہیں آتا۔۔۔؟"

"ہاں شاید۔۔۔ کچھ ایسا ہی ہو۔۔۔؟"

"کیوں جھوٹ بکتے ہو۔۔۔!" میرے کانوں میں پھر آوازیں آنے لگیں، "وہ جب پہلی بار تم سے ملی تھی تو وہ نہ صرف تم کو عجیب و غریب لڑکی محسوس ہوئی تھی بلکہ اُسے دیکھنے کے بعد تم نے اپنے ذہن کے حال تا ماضی تمام دریچوں کو کھنگال ڈالا تھا اور جب اُس کے بعد بھی تمھیں ناکامی ہوئی اور اُس کے چہرے میں تمھیں اپنا کوئی چہرا نظر نہ آیا تو تم زمین کی پرتوں کو چھوڑ کر آسمان کی وسعتوں تک نہیں پہنچے تھے۔۔۔؟ اِس تصّور کے ساتھ کہ شاید عالمِ بالا میں تمھاری اس لڑکی سے ملاقات ہوئی ہو۔۔۔؟"

"ویسے تم کیا سوچتی ہو۔۔۔؟"

اُس کے چہرے پر شرارت بھری مسکراہٹ پھیل گئی، "میں تو یہی سوچتی ہوں کہ میں اتنی لیٹ کیوں پیدا ہوئی۔۔۔؟" اور پھر وہ کھلکھلا کر ہنس پڑی، "اچھّا بتایئے میں سب سے پہلے آپ کو کہاں پر ملی تھی۔"

"اِسی آرام گھر میں۔۔۔"

"نہیں جناب۔۔۔" اُس نے دیدے مٹکائے، "آپ ذرا یاد کیجیے۔ اپنے ذہن کے دریچوں کو وا کیجیے۔ اپنی سوچ کو بلندی پر لے جایئے۔ بہت بلندی پر۔۔۔ عالمِ بالا میں۔۔۔ "

"عالمِ بالا میں۔۔۔؟"

"جی ہاں۔۔۔ عالمِ بالا میں۔۔۔"

"اوہ اب تو سب کچھ یاد آ گیا۔۔۔" شوخی میری عمر کی حدوں کو پھلانگ کر میرے لبوں پر مچلنے لگی۔، "یہ بالکل سچ ہے کہ عالمِ بالا ہی میں میری اور تمھاری ملاقات ہوئی تھی۔ وہاں ہم دونوں گھنٹوں۔۔۔ نہیں پتہ نہیں۔۔۔ عالمِ بالا میں وقت کا کیا پیمانہ ہے۔۔۔؟ ہم ساتھ رہتے۔ شرارتیں کرتے۔ کبھی آبِ کوثر کے دامن میں۔ کبھی یاقوت و مرنجان کی

پہاڑیوں میں۔ کبھی موتیوں سے سجے محلوں میں۔ کبھی زمرد فیروزہ لعل و جواہر کے د رختوں کے جھنڈ میں۔ کبھی فرشتوں کی عبادت گاہوں کے قریب اور کبھی پھل دار ٹہنیوں کے آس پاس اور۔۔۔اور کبھی دوزخ سے لگی سیڑھی کے آس پاس بھی۔۔۔ تمھیں بھی یاد آرہا ہے نا۔۔۔؟" میں نے اُس کی طرف دیکھا تو وہ کھکھلا کر ہنس پڑی اور بولی، "ہاں مجھے بھی یاد آرہا ہے۔ وہ تمام مقامات جن کا آپ نے ابھی ابھی ذکر کیا ہے۔ بے شک ہم دونوں وہیں پر ملا کرتے تھے۔۔۔ البتہ دوزخ کی سیڑھی تک تو آپ ہی مجھے لے کر جاتے تھے۔۔۔"

"میں۔۔۔؟" میرے تعجب نے اس سے سوال کیا تو وہ اور زور سے ہنسی اور پھر بولی، "بالکل۔۔۔ آپ ہی۔۔۔"

میں نے اُسے بے اختیار لپٹا لیا اور پھر اس کے کان میں آہستہ سے کہا، "حوّا کی بیٹی۔۔۔ دوزخ کا راستہ تو صرف تم ہی جانتی تھیں اور تم ہی مجھے وہاں تک لے کر گئی تھیں۔۔۔"

وہ بولی، "ثبوت۔۔۔؟"

میں نے جواب دیا، "فرشتوں سے پوچھ لو۔۔۔"

تب وہ میرے سینے سے الگ ہوتے ہوئے بولی، "ٹھیک ہے جب اُوپر واپس جائینگے تب پوچھ لیں گے۔"

"نہیں۔۔۔ میں تو ابھی پوچھوں گا۔۔۔" اور پھر میں نے اپنی آنکھیں بند کر لیں اور فرشتوں کا تصوّر کرنے ہی لگا تھا کہ۔۔ "کیوں جی۔۔۔ اب تم نے جھوٹ کہنا بھی شروع کر دیا۔۔۔؟ سچ کہو۔۔۔ دوزخ کی سیڑھی تک کون کس کو لے کر گیا تھا۔ میں نے تو تم سے پہلے ہی کہا تھا کہ جس راستے پر تم چل رہے ہو وہ راستہ گھر کی طرف نہیں دوزخ کی طرف

لے جاتا ہے لیکن تم سدا کے ضدّی رہے اور جس کا نتیجہ یہ نکلا کہ ہمارا اکلوتا بیٹا ہم سے دور روشن مستقبل کی چاہ میں سات سمندر پار چلا گیا۔۔۔ پھر اُس نے وہیں گھر بسا لیا اور میں ایک کے بعد ایک زخم کھاتی رہی۔۔۔ یہاں تک کہ میں بھی زمین کا پیوند ہو گئی۔۔۔"

"ہاں۔۔۔ سب کچھ لُٹ گیا اور میں بھی اس تنہائی سے لڑتے لڑتے آخر اس آرام گھر میں شریک ہو گیا۔۔۔ آج میری بھی سمجھ میں آ گیا کہ صرف دھن دولت ہی سے روشن مستقبل نہیں بنتا۔۔۔" جانے کتنے ہی مناظر میری آنکھوں میں گھوم کر رہ گئے۔

"لیکن حیدر صاحب۔۔۔ روشن مستقبل کے لیے دھن دولت بھی تو چاہیے۔۔۔؟

"

"تو اب تم بھی اس طرح سوچنے لگیں۔۔۔؟"

"نہیں۔۔۔ میں تو صرف ایک بات کہہ رہی تھی۔۔۔"

"نہیں ڈاکٹر۔۔۔ تمہیں بھی اب سوچنا چاہیے۔۔۔ کیا کمی ہے تمہارے پاس، تم ذہین ہو۔ تمہارے ہاتھوں میں شفاء ہے۔ تمہارا ایک نام بھی بن رہا ہے۔ لوگ تمہاری عزت کرتے ہیں۔۔۔ ڈاکٹر تم گلف یا کسی مغربی ملک میں جانے کے لیے کوشش کیوں نہیں کرتیں۔۔۔؟

"تو آپ کو میرا یہاں پر آنا اور آپ سے گفتگو کرنا پسند نہیں ہے۔۔۔؟"

"نہیں ڈاکٹر صاحبہ یہ بات نہیں ہے۔۔۔!"

"تو پھر آپ مجھے یہاں سے دور کہیں اور بھیجنے کی بات کیوں کر رہے ہیں۔۔۔؟"

"ڈاکٹر۔۔۔! تم جانتی ہو مجھے تم سے کس قدر محبت ہے اور یہ بھی کہ میں تمہارے بغیر ایک دن بھی زندہ نہیں رہ پاؤں گا۔۔۔!" شاید میں یہ سب کچھ دل ہی دل میں بول گیا تھا۔ کیوں کہ جواب میں اُس کاری ایکشن Re action نہیں تھا۔ شاید سبھی ایسی باتیں

کہتے رہے ہونگے۔۔۔ میری نظریں زمین پر ٹک گئیں۔

"کسی اور کی بات کا کیا تذکرہ۔۔۔ تم نے بھی تو اپنی سہاگ رات کے وقت مجھ سے یہی کہا تھا، لیکن گذشتہ دس برسوں سے میں تنہا زمین کے نیچے پڑی ہوں۔۔۔ اور تم۔۔۔!
"

"میں کیا۔۔۔؟ تم نے بھی تو ساری زندگی ساتھ نبھانے کا وعدہ کیا تھا۔ وعدہ تو تم بھی توڑ گئیں اور میں بھی تنہا زمین کے اوپر زمین کا بوجھ بنا سہاروں کی بیساکھیوں پر کھڑا ہوں۔۔۔!"

"ارے آپ اس طرح اچانک کیوں کھڑے ہو گئے۔۔۔؟" ڈاکٹر کے استفسار پر میں ایسا چونکا جیسے بے موسم برسات میں کوئی اچانک بھیگ جاتا ہے۔ میں نے اُس کی طرف دیکھا وہ ایک دم سنجیدہ ہو گئی تھی۔ اس کی آنکھوں کی شوخی ماند پڑ گئی تھی۔ وہ بولی، "حیدر صاحب۔۔۔ میں اپنے ملک سے باہر کہیں نہیں جا سکتی۔ آپ کو اندازہ نہیں ہے میری اپنی کیا مجبوریاں ہیں۔ میرا مستقبل تو اُس ہوائی جہاز کا ملبہ ہے جو اُڑان بھرنے سے پہلے ہی ہوائی اڈّے پر خود ہی ڈھیر ہو گیا۔ اُس کی آنکھوں میں آنسوں تیرنے لگے، "کیا اپنے اور کیا پرائے سبھی کے طنز کے نشتر سہتے سہتے میں یہاں تک پہنچی ہوں۔ ایک قدامت پرست خاندان کی کسی لڑکی کا ڈاکٹر بن جانا اتنا آسان تو نہیں تھا۔۔۔!"

میں نے اُس کے سر پر محبت سے ہاتھ رکھا تو وہ بے اختیار مجھ سے لپٹ گئی اور آنسوں کا سیلاب جذبات کے کمزور ساحل کو توڑتا ہوا اپنے اطراف کے سارے ماحول کو ڈبو گیا۔

" اس طرح کب تلک روتے رہو گے۔۔۔؟ زندگی کی حقیقتوں کا سامنا کرو اور حقیقت یہی ہے کہ میں مر چکی ہوں۔ اس دنیا میں ہم سبھی آدھے ادھورے ہیں۔ اُمید

کے روشن چراغوں کی مدھم روشنی میں ایک دوسرے کو دھوکا دیتے رہتے ہیں۔ ہم سب مفاد پرست ہیں۔ ایک دوسرے کی بیساکھیوں پر کھڑے ہوئے وہ کمزور لمحے ہیں جو معمولی سی آندھی کا بھی مقابلہ نہیں کر سکتے۔ وعدے تو میں بھی کرتی رہی نا۔۔۔؟ ساتھ جینے مرنے کی قسمیں تو میں نے بھی تمہارے ساتھ کھائی تھی۔ لیکن کیا میں اپنا وعدہ نبھا پائی۔۔۔؟ وقت کے ہوائی اڈّے پر زندگی کے کتنے ہی ہوائی جہاز اُترتے ہیں۔ اُڑانیں بھرتے ہیں ساتھی سنگی رشتہ دار ہاتھ ہلا ہلا کر اور کبھی آنسوؤں بھری مسکراہٹوں میں ہر لمحہ کسی نہ کسی کو وداع کرتے رہتے ہیں اور کبھی خوشیوں کے گہوارے میں خوش آمدید کہتے ہیں، لیکن ہم سب یہ بھول جاتے ہیں کہ سرائے میں کون کتنے دن ٹھہرے گا۔۔۔ اپنے آنسوؤں کو روک لو۔۔۔ میرے جنازے کو رخصتی کی اجازت نہیں دو گے۔۔۔؟"

"تو تم جا رہی ہو ڈاکٹر۔۔۔!" میں نے پوری شدّت کے ساتھ اپنے آنسوؤں کے سیلاب کو روکتے ہوئے پوچھا وہ میرے سینے سے لگی ہوئی تھی۔ اُس کے دل کی دھڑکنے بھی تیز ہو گئی تھی۔ اس کے آنسو میرے بدن پر رم جھم برس رہے تھے۔ ہم رشتوں کی دیوار کے پرے ایک دوسرے سے ملے تھے اور آج ایک خود ساختہ بندھن اپنے آپ آزاد ہو رہا تھا۔ اُس کے ہوائی جہاز کے اُڑان کا بار بار اعلان ہو رہا تھا۔ وہ مجھ سے جدا ہوئی اور میرے طرف بنا دیکھے اپنے جہاز کی طرف قدم اُٹھانے لگی۔ غالباً جہاز کے دروازے پر مسافر بردار سیڑھی لگ چکی تھی۔ اچانک وہ پلٹی اور دوڑتے ہوئے میری طرف آئی اور پھر مجھ سے پوری شدّت کے ساتھ لپٹ گئی، "روشن مستقبل کی آڑ میں آپ ہی نے مجھے دوزخ کی سیڑھی تک پہنچا دیا ہے۔ یہ بات کبھی بھولنا مت۔۔۔!" اتنا کہہ کر وہ جس رفتار سے مجھ تک پہنچی تھی اس سے بھی تیز ہوائی جہاز کی طرف دوڑ پڑی۔ اُس کے قدموں کی چاپ یاقوت و مرجان کی پہاڑیوں کو روندتی ہوئی موتیوں سے سجے محلوں کو پھلانگتی ہوئی

زمرد، فیروزہ، لال و جواہر کے درختوں کے جھنڈ سے ہوتی ہوئی فرشتوں کی عبادت گاہوں کو پیچھے چھوڑتی ہوئی دوزخ کی سیڑھی کے پرے پہنچ گئی۔۔۔!

میں ایک بار پھر 'آرام گھر' کے ایک خاموش گوشے میں یکا و تنہا رم جھم برسات میں بھیگ رہا ہوں۔ رحم کرنے والے، ثوابوں کی لالچ میں آنے والے ملاقاتیوں کا سلسلہ جاری ہے۔۔۔ لیکن اب میرا دماغ بالکل خالی ہے۔ اب نہ کوئی سوچ سر پر سوار ہے اور نا ہی انتظار۔۔۔!

***

نیا پرزہ

رضوان الحق

"سر! کرین پھر رک گئی، نئی ٹرالی پرانی پٹری پر چل ہی نہیں رہی ہے!"

اسسٹنٹ انجینیر نے چیف انجینیر سے کہا۔

"گریس لگا دو، نئی ٹرالی ہے ایڈجسٹ کرنے میں کچھ وقت تو لگے گا ہی۔ اتنی چھوٹی چھوٹی باتوں کو بھی مجھے ہی بتانا پڑے گا؟ کرین کے طریقۂ عمل سے تو تم واقف ہی ہو؟"

"سر گریس لگائی تو تھی، لیکن اس سے بھی کوئی فرق نہیں پڑا۔ سر گریس وہاں رک ہی نہیں رہی ہے، ٹرالی اسے باہر پھینک دے رہی ہے۔"

"تو تیل ڈال دو چکنائی میں تو ہر چیز پھسلنے لگتی ہے۔"

"اس سے بھی کوئی فائدہ نہیں ہوا، تیل بھی وہاں نہیں رک پا رہا ہیں، نیا پرزہ خود اتنا چکنا ہے کہ کوئی چکنائی وہاں رک ہی نہیں رہی ہے۔ سر! مجھے لگتا ہے اس نئے پرزے کو چکنائی کی ضرورت نہیں ہے۔"

"لگتا ہے تیل صحیح جگہ نہیں پہنچ رہا ہے۔ کہیں بیچ میں ہی رک جا رہا ہے۔"

"سر لگتا ہے نئی ٹرالی پرانی پٹری پر چلے گی نہیں۔"

"اسے میرے پاس بھیج دو۔ میں دیکھ لوں گا، چلے گی کیسے نہیں؟ اس کا باپ بھی چلے گا۔ تم بہت جلد ناامّید ہو جاتے ہو۔"

اسسٹنٹ ٹرالی کو بڑے جوش سے چیف کے پاس لے گیا۔ اس نے باریکی سے اس کا جائزہ لیا اور بولا۔

"ہاں۔ یہ ٹرالی تھوڑی اڑیل سی لگتی ہے، خیر۔ ابھی نئی آئی ہے، کچھ نخرے تو دکھائے گی ہی، دو چار ٹھوکریں کھا کر سب صحیح ہو جاتی ہیں۔ ذرا دو چار ٹھوکریں تو لگانا۔"

"سر کہیں غلط ٹرالی کا انتخاب تو نہیں ہو گیا؟"

"ہاں ممکن ہے، انتخاب کے وقت کوئی غلطی ہو گئی ہو۔"

"سر اس غلطی کو اب سدھارا نہیں جا سکتا؟ اس ٹرالی کو واپس بھیج کر دوسری منگوا لیجیے۔"

چیف کچھ دیر سوچنے کے بعد بولے۔

"نہیں۔۔۔ کمیٹی کے خریدے سامان پر ہم کچھ نہیں کر سکتے، ویسے بھی نئے پرزے اکثر ایسے ہی ہوتے ہیں۔ اس لیے پھر سے خریدنے سے بھی کہا نہیں جا سکتا کہ وہ اچھا ہی ہو گا؟ ہمیں اسی کو اپنی ضرورت کے مطابق ڈھالنا ہو گا۔"

"سر اگر یہ ٹرالی نہ ٹھیک ہوئی تو کیا ہو گا؟"

چیف جھنجلا کر بولے۔

"بکواس بند کرو! آخر کیوں نہیں چلے گی؟ تم کہنا کیا چاہتے ہو؟ ٹھیک ہے خرید کمیٹی میں میں بھی تھا۔ لیکن اسے خریدنے کا فیصلہ صرف میرا نہیں تھا پوری کمیٹی کا تھا۔ اور ایک بات یاد رکھنا، مجھ سے بات بڑھانے کی کوشش مت کرنا ورنہ میں خوب اچھی طرح جانتا ہوں تم جیسے نئے لوگوں سے کیسے نمٹا جاتا ہے۔"

اسسٹنٹ کو غصہ تو بہت آیا لیکن اس نے یہ سوچ کر خاموشی اختیار کر لی کہ ابھی یہ پہلی نوکری ہے اور فیکٹری کی معلومات بھی اتنی اچھی نہیں۔ اس لیے تھوڑی بہت ذلالت

برداشت کرنا چاہیے۔ لیکن چیف کی تیز نظریں سمجھ گئیں کہ اسسٹنٹ کو یہ بات گراں گزری ہے تو اس نے معاملے کو رفع دفع کرنے کے ارادے سے کہا۔

"گھبرانے کی کوئی ضرورت نہیں، میں نے اپنی زندگی میں نہ جانے کتنے نئے اور اڑیل پرزوں کو صحیح کیا ہے۔ اس کی کیا بساط ہے۔ فی الحال اسے اسٹور میں رکھ دو میں کل دیکھ لوں گا۔ دوسری کرینیں تو صحیح سے چل رہی ہیں نا؟"

"جی ہاں، باقی سب ٹھیک چل رہی ہیں۔"

"ٹھیک ہے اس کو میں کل صحیح کر دوں گا۔"

چیف نے اگلے دن ٹرالی کو اسٹور سے منگوا کر اس کا بغور جائزہ لیا۔ اس کے پہیے گھمائے، بیرنگوں میں تیل ڈالا، ایک آدھ پینچ ڈھیلے کیے اور کسے، ایک آدھ جگہ ہاتھ سے ہلکی ہلکی چوٹیں کیں۔ پھر پٹری میں لگا کر کرین شروع کرنے کا حکم دیا، کرین شروع کی گئی۔ ٹرالی ایک جھٹکے کے ساتھ آگے بڑھی اور تھوڑا چل کر رک گئی۔ اس کے بعد بہت کوشش کے باوجود ٹرالی وہاں سے ٹس سے مس نہ ہوئی، چیف نے جھنجلا کر غصے میں ہتھوڑے سے اس پر کئی چوٹیں کیں، اور کرین کا سوِچ آن کرایا۔ ٹرالی تھوڑا آگے بڑھ کر پھر رک گئی۔ چیف نے ایک بار پھر ٹرالی کو وہاں سے کھلوا کر باہر نکلوایا اور ریتی سے گھسوانا شروع کیا، ٹرالی ابھی گھسی ہی جا رہی تھی کہ پیچھے سے کچھ ٹوٹنے کی ایک تیز آواز آئی۔ جسے سن کر انھوں نے اسسٹنٹ سے کہا۔

"جاؤ دیکھو کیا ہوا؟"

"لیکن سر۔!!"

"کیا؟ بولو۔"

"سر یہ ٹھیک نہیں ہو رہا ہے۔"

"کیا ٹھیک نہیں ہو رہا ہے؟"

"یہی سر۔ جو آپ۔ اس نئی ٹرالی کو ریتی سے گھسوا رہے ہیں، پھر نئی ٹرالی خریدنے کا فائدہ ہی کیا رہا؟"

چیف نے تھوڑا جھڑکتے ہوئے کہا۔

"اسے میرے اوپر چھوڑو کہ اس سے کیسے کام نکالنا ہے۔ تم سے جو کہا جا رہا ہے وہ کرو، وہاں جاؤ دیکھو کیا ہوا ہے؟"

اتنا سن کر اسسٹنٹ چلا گیا۔ چیف نے ریتی سے ٹرالی گھسوانے کے بعد اسے کرین میں لگوا کر پھر سوِچ آن کرایا۔ اس بار ٹرالی چلنے لگی۔ یہاں تک کہ آخری سرے تک پہنچ گئی۔ لیکن وہاں پہنچ کر ایک تیز آواز کے ساتھ پھر رک گئی۔ جب کہ وہاں پہنچ کر اسے خود بخود واپس آنا تھا۔ کئی بار کرین کا سوِچ آن کیا گیا، اس کے بیرنگوں میں تیل ڈالا گیا، ہتھوڑے سے چوٹیں کی گئیں، لیکن لاحاصل۔ اس پر کوئی اثر نہ ہوا، یہاں تک کہ جب ٹرالی نکالنے کی کوشش کی گئی، تو وہ ہل تک نہ سکی۔ پھر کرین کا بہت بڑا حصہّ کھولنے کے بعد ہی ٹرالی باہر نکالی جا سکی۔ اتنے میں اسسٹنٹ بھی آ گیا، اس نے بتایا:

"نرم گنّوں کے درمیان نہ جانے کہاں سے ایک فولادی سریا آ گئی تھی اور اس نے پورا نظام ہی درہم برہم کر دیا۔ چین ٹوٹ گئی ہے۔"

"اوہ! گاڈ، پھر تو پوری فیکٹری بند ہو گئی ہو گی؟ اب کیا ہو گا؟"

"سر اس سریا کو نکلوا دیا گیا ہے اور چین جوڑی جا رہی ہے۔ فیکٹری جلدی ہی پھر شروع ہو جائے گی۔ سر آپ اس کی فکر بالکل نہ کریے وہ سب میں دیکھ لوں گا۔ آپ بس اس پر غور کیجیے کسی طرح یہ ٹرالی چلنے لگے بس۔"

"آج ہو کیا رہا ہے؟ کچھ سمجھ میں نہیں آ رہا ہے، سب کام بگڑتے جا رہے ہیں۔ جاؤ

آج اسے اسٹور میں ڈال دو، آج رات میں کوئی دوسری ترکیب سوچوں گا۔"

رات میں چیف کافی پریشان رہا اس کی سمجھ میں کچھ نہیں آرہا تھا کہ اب کیا کِیا جائے ؟۔ اگر اس ٹرالی نے کام نہ کیا تو بڑی بدنامی ہو گی۔ یونین نے پہلے سے ہی ناک میں دم کر رکھا ہے اگر ایک بھی ثبوت ان کے ہاتھ لگ گیا تو وہ لوگ میرا جینا دشوار کر دیں گے۔ پتہ نہیں کون ہے جو ساری ڈیلنگز کی خبریں ان تک پہنچاتا ہے۔ اور اس نئے لڑکے کے بھی تیور ٹھیک نہیں لگ رہے ہیں۔ چیف اِنہیں سوچوں میں گم تھے کہ ان کی بیوی نے چیف کو پریشان دیکھ کر پوچھا۔

"کیا بات ہے ؟ آج آپ بہت پریشان دکھ رہے ہیں ؟"

"ایک نیا پرزہ منگوایا تھا۔ وہ کسی طرح کام ہی نہیں کر رہا ہے، اگر وہ نہ چلا تو بڑی مشکل ہو جائے گی۔"

"آپ ان چھوٹی موٹی باتوں کو لیکر اتنا پریشان مت ہوا کریے۔ ویسے بھی آپ نے آفس میں کتنی پریشانیاں اٹھائی ہیں۔ ذرا وہ زمانہ یاد کریے، جب آپ کا تبادلے پر تبادلہ ہو رہا تھا۔ ایک ایک سیزن میں کئی کئی بار۔ پورا محکمہ آپ کے پیچھے پڑا ہوا تھا، وہ دن میں نے کتنی مشکلوں سے کاٹے ہیں میں ہی جانتی ہوں۔ وہ تو میری بیٹیوں کی قسمت اچھی تھی کہ جب سے وہ پیدا ہوئی تھیں تبھی سے تبادلے بھی رک گئے تھے۔ اب ذرا اطمینان ملا ہے تو آپ پھر پریشانی لے کر بیٹھ گئے۔"

"اب ان دنوں کی یاد دلا کر میری پریشانی اور نہ بڑھاؤ۔ اب میں ان دنوں کو یاد بھی نہیں کرنا چاہتا۔ بس ایک جنون تھا ان دنوں۔"

اسسٹنٹ کی ابھی شادی نہیں ہوئی تھی، وہ گھر میں اکیلا تھا۔ رات میں وہ سوچ رہا تھا کہ ایک اچھا موقع ہے اگر وہ اس معاملے میں دب گیا تو چیف ہمیشہ دبائے رکھے گا اور میں

ایسا کبھی نہیں ہونے دوں گا۔ وہ ہم سے سینئر ہے تو کیا ہوا؟ ڈگری تو ہم دونوں کی ایک ہی ہے۔ بلکہ میری ڈگری تو اس سے اچھے کالج کی ہے۔ کل کو میں بھی اس کی طرح سینئر بنوں گا۔ اس لیے خاموش رہنے کی کوئی وجہ نہیں ہے۔ کچھ بھی ہو اس نئے پرزے کو ہر حال میں بچانا ہے۔

اگلے دن اسسٹنٹ انجینئر نے چیف کے فیکٹری پہنچے سے پہلے ہی اس نئی ٹرالی کو چلانے کی کوشش کرنی شروع کر دی وہ پوری محویت سے اس میں لگا ہوا تھا اور ہر طرح سے چلانے کی کوشش کر رہا تھا۔ اسی دوران چیف آ گئے لیکن وہ چپ چاپ اسے کام کرتے دیکھتے رہے۔ اسسٹنٹ کو ان کے آنے کا احساس نہ ہو سکا۔ کافی دیر بعد اس نے مڑ کر دیکھا تو چیف کو کھڑا دیکھ کر اس نے کہا۔

"سر لگتا ہے پوری کرین بدلنی پڑے گی، نہیں تو یہ پٹری تو بدلنی ہی پڑے گی۔"

"تمھارا دماغ خراب ہو گیا ہے؟ اس ٹرالی کے لیے پوری کرین بدلوا دو گے؟ معلوم ہے پوری کرین کتنے میں آتی ہے؟ دس لاکھ میں، پورے دس لاکھ میں اور یہ پٹری دو لاکھ کی ہے۔ پھر اس بات کی بھی کیا گارنٹی ہے کہ کرین بدلنے سے فیکٹری بالکل صحیح چلنے لگے گی؟ اس طرح فیکٹری تو پرانی ہی رہے گی، کل کسی دوسرے حصہّ میں گڑبڑی ہو گی تو تم کہو گے کہ پوری فیکٹری بدل دو۔ آخر کیا کیا بدلا جائے گا؟ نہیں کچھ نہیں بدلا جائے گا۔ نئے پرزہ کو ہی پرانی مشین کے مطابق ڈھلنا ہو گا۔ سیدھی انگلی سے گھی نہیں نکلتا ہے تو اسے ٹیڑھا کرنا پڑتا ہے۔ اس ٹرالی کو یہاں سے نکلوا کر ورکشاپ پہنچوا دو۔ پھر میں دیکھ لوں گا کہ یہ ٹرالی کیسے نہیں چلے گی۔"

ورکشاپ پہنچ کر انہوں نے حکم دینا شروع کیا۔

"پہلے اسٹیل کٹر پر لگاؤ۔۔۔۔ اب خرادی پر چڑھاؤ۔۔۔ اب ریتی سے ہموار کرو

پھر سے اسٹیل کٹر۔۔۔۔۔ خرادی۔۔۔۔۔ ریتی۔۔۔۔"

اسسٹنٹ سے یہ سب نہ دیکھا گیا اور وہ ورکشاپ کے باہر آ کر کھڑا ہو گیا۔ چیف دوسرے ٹکنیشینوں کی مدد سے یہ سب کام کرواتا رہا۔ کچھ دیر بعد ایک ٹیکنیشین نے کہا۔

"بہت ہو گیا سر! اب بند کیجیے۔ نہیں تو ٹرالی بالکل برباد ہو جائے گی۔"

"ہونے دو دیکھتا ہوں کون زیادہ ضدّی ہے۔ اب یا تو یہ میری مرضی کے مطابق چلے گی یا برباد ہو جائے گی۔ اس کا اڑیل پن اب میں اور برداشت نہیں کر سکتا۔۔۔۔۔ چلاو۔۔۔۔۔ اور چلاو۔۔۔۔۔"

"اب خرادی پر چڑھاؤ۔۔۔۔۔ اب ریتی سے ہموار کرو پھر سے اسٹیل کٹر۔۔۔۔۔ خرادی۔۔۔۔۔ ریتی۔۔۔۔۔۔"

اتنا سنتے ہی اسسٹنٹ تیزی سے اندر داخل ہوا اور اس نے جلدی سے ٹرالی کو ان سے چھین کر الگ کر دی۔

"بہت ہو گیا سر۔ یہ آپ کی ذاتی جائداد نہیں ہے جو آپ اس طرح من مانی کر رہے ہیں، یہ سرکاری فیکٹری ہے۔"

"اور تم بھی بھول گئے کہ میں اس فیکٹری کا چیف انجینئر اور تمھارا افسر ہوں، تم نے ایسی گستاخی کرنے کی حماقت کیسے کی؟ نکل جاؤ یہاں سے۔ باہر چلو۔ گیٹ آؤٹ۔"

اسسٹنٹ یہ سن کر پیر پٹکتے ہوئے باہر نکل گیا۔

اس کے جانے کے بعد چیف نے ٹیکنیشین کی مدد سے پھر سے ٹرالی کو وہیں لگوا کر اسی طرح حکم دینا شروع کیا۔

"اب خرادی پر چڑھاو۔۔۔۔۔ اب ریتی سے ہموار کرو پھر سے اسٹیل کٹر۔۔۔۔۔ خرادی۔۔۔۔۔ ریتی۔۔۔۔۔۔"

تھوڑی دیر بعد ٹیکنیشن نے ڈرتے ڈرتے کہا۔

"سر اب لگتا ہے بالکل ٹھیک ہو گئی ہے، اب ضرور چلے گی، اب نکال لوں سر؟"

چیف نے ٹرالی کو غور سے دیکھا اور کہا۔

"ٹھیک ہے لے چلو۔"

اسسٹنٹ وہاں سے نکلنے کے بعد جنرل مینیجر سے پاس پہنچ گیا اور ان کے سامنے پہنچتے ہی بولا۔

"سر! یہ بہت غلط ہو رہا ہے، اسے کسی طرح بچائیے۔"

"کیا غلط ہو رہا ہے، کسے بچاؤں؟"

"سر! وہ ٹرالی جو ابھی نئی خریدی گئی تھی۔ چیف صاحب اسے تباہ کیے دے رہے ہیں۔ سر یہ غلط ہے۔ اس ٹرالی کو اس طرح برباد کرنے کا انھیں کوئی حق نہیں ہے، ٹرالی بالکل ٹھیک ہے۔ غلطی کرین کی اور دوسری پرانی چیزوں کی ہے۔ نئ ٹرالی بالکل صحیح ہے پھر اس کے ساتھ کیوں ایسا کیا جا رہا ہے؟"

جنرل مینیجر نے اسسٹنٹ کو سمجھاتے ہوئے کہا۔

"انجینئر صاحب آپ اتنے بے چین کیوں ہو رہے ہیں؟ چیف صاحب بہت تجربے کار آدمی ہیں وہ جو مناسب سمجھتے ہیں وہی کر رہے ہوں گے۔ مجھے خوشی ہے کہ تم فیکٹری کے کاموں میں اتنی دلچسپی لے رہے ہو جیسے تمھارا کوئی ذاتی کام ہو۔ لیکن تمھیں ذرا صبر سے کام لینا چاہیے۔ تم پریشان مت ہو، یہ نئے پرزے اکثر ایسے آ جاتے ہیں جو شروع شروع میں کافی پریشانی پیدا کرتے ہیں۔ لیکن چیف صاحب بہت تجربے کار آدمی ہیں وہ سب کو صحیح کر دیتے ہیں۔ دیکھنا یہ بھی صحیح ہو جائے گا۔"

"لیکن سر! وہ نیا پرزہ بہت اچھا ہے، چیف صاحب اسے صحیح نہیں کر رہے ہیں بلکہ

اسے خراب کر رہے ہیں۔ اس گھسی پٹی فیکٹری میں اگر کوئی نئی اور اچھی چیز آتی ہے تو وہ اسے بھی اسی طرح بنا دیتے ہیں۔ سر میں چاہتا ہوں کہ نئی اور اچھی ویسی ہی رہیں بلکہ فرسودہ چیزیں ہیں انھیں ختم کیا جائے۔"

"یہ کیسے ممکن ہے؟"

"سر ان پرانے پرزوں کو بدلیے، جن کی وجہ سے نئے پرزے کام نہیں کرتے۔"

"یہ ممکن نہیں ہے، اس طرح تو سب کچھ بدلنا پڑے گا۔ پورا نظام درہم برہم ہو جائے گا۔ ایک پرزے کے لیے پوری فیکٹری نہیں بدلی جاسکتی۔ جیسا سب کچھ چل رہا ہے چلنے دو، جاؤ تم اپنا کام دیکھو اور باقی چیزوں کو ہم لوگوں پر چھوڑ دو۔"

یہ سن کر اسسٹنٹ جنرل مینیجر کے دفتر سے مایوس ہو کر چلا آیا اور کرین کی طرف چل پڑا۔ وہاں پہنچ کر وہ چپ چاپ ایک کنارے بیٹھ گیا اور چیف کو کام کرواتے ہوئے چپ چاپ دیکھتا رہا۔

چیف نے ٹیکنیشین کو پھر سے ٹرالی کو کرین میں فٹ کرا کے اس کے پینچ کسوائے اور اور سوِچ آن کروایا۔۔۔ ٹرالی چل پڑی۔ لیکن تھوڑی دور جا کر جھٹکے کے ساتھ پھر رک گئی۔ یہ دیکھ کر چیف بہت غصے میں آ گئے انہوں نے اسے نکلوا کر بہت تیز نیچے پٹک دیا۔

"چٹاک۔۔۔"

کچھ ٹوٹنے کی آواز آئی۔ جب اسے اٹھا کر دیکھا گیا تو کوئی ٹوٹی ہوئی چیز نظر نہ آئی، شاید کچھ اندر ہی اندر ٹوٹ گیا تھا۔ ایک بار پھر اسے لگایا گیا۔ اس بار ٹرالی چلنے لگی، بغیر رکے۔ سبھی لوگ غور سے دیکھنے لگے، سب کو اندیشہ تھا کہ ٹرالی ابھی پھر رک جائے گی لیکن وہ نہیں رکی۔

ایک ٹیکنیشین نے کہا۔ "سر اب ٹھیک چل رہی ہے۔۔۔۔ لیکن سر ابھی کچھ آواز

آ رہی ہے اور رفتار بھی کچھ کم ہے۔"

"اب اس میں تیل ڈال دو۔"

اس بار تیل پڑتے ہی نیا پرزہ پرانی مشین میں بالکل معمول کے مطابق چلنے لگا۔

یہ منظر دیکھ کر اسسٹنٹ کو ایک تیز جھری جھری سی محسوس ہوئی۔ اور پورے بدن میں خارش سی ہونے لگی، تھوڑی دیر وہ پورے بدن میں کھجلاتا رہا۔ جب کچھ دیر بعد کھجلاہٹ کم ہوئی اور اس نے اپنے بدن کی طرف دیکھا تو یہ اس کا بدن نہیں تھا بلکہ کسی انجان بوڑھے کا تھا۔ یہ دیکھ کر وہ وہیں زمین پر تڑپنے اور لوٹنے لگا، لوٹتے لوٹتے کچھ دیر بعد اسے نیند آ گئی اور جب وہ سو کر اٹھا تو کسی سے کچھ کہے بغیر چپ چاپ کام کرنے لگا۔

٭٭٭

بستی کی ایک اُداس صبح

فیروز عابد

دھوپ کھکھلا کر ہنس رہی تھی۔

چار دنوں کی مسلسل بارش کے بعد اب جو دھوپ نکلی تو محلے کے بچے اپنے اپنے گھروں سے باہر نکل آئے۔ گھر کی عورتوں نے موقع کو غنیمت جانا اور جلدی جلدی الگنی پر کپڑے پسارنے لگیں۔

جب گھروں کے آنگن میں جگہ نہیں بچی تو باہر محلے کے تنگ راستے میں ایک مکان سے دوسرے مکان پر پھیلے بجلی کے پلاسٹک پائپ، کیبل ٹی وی کے تار اور ٹیلی فون کے تاروں پر لگّھی (لمبی لکڑی) سے کپڑے پسارنے لگیں۔

چار دنوں کی مسلسل بارش نے مجھے بھی قیدی بنا دیا تھا۔ صبح کے معمولات میں فرق آ گیا تھا۔

آج میں نے بازار کا تھیلا لیا اور ملنے جلنے والوں سے سلام دعا کرتا حسب عادت پہلے الیکٹرک بکس کے پاس جاکر میٹر ریڈنگ کی کہ ان چار دنوں میں کتنی بجلی صرف ہوئی، گوشت کی دکان پر گوشت کی قیمت دے ہی رہا تھا کہ اور ٹیلی فون کے وائر پر بیٹھے کوّے نے گل میاں پر بیٹ کر دیا۔ انہوں نے کوّے کو گالی دی۔ تب ہی چھوٹو قصائی نے کہا "سر پر بیٹ کرتا تو آپ بادشاہ بن جاتے۔" گل میاں نے اس طرح مذاق بننے پر چھوٹو کو ایک

سڑی سی گالی دی۔ میں آہستہ سے کھسک آیا۔ مودی دکان جاکر سامان لکھوائے، دودھ والے کے پاس جاکر دودھ اور دہی کے پیسے دیے اور مٹھائی والے سے جلیبی خریدی۔ وہاں سے واپس ہوتے ہوئے دودھ سے بھرے ٹفن کو تھاما، مودی دکان سے سامان سے بھرا تھیلا لیا اور پاؤروٹی والے کے یہاں سے پوتے کے لیے کوارٹر روٹی، دودھ کے دو پیکٹ لیے اور گھر آکر رین واٹر پائپ میں اٹکے تین اخبارات نکالے اور کمرے میں آگیا۔ بازار کا تھیلا رکھ کر اخبار کی سرخیاں پڑھنے لگا۔ اتنے میں باہر شوروغل کی آوازیں آنے لگیں۔ آواز کا زور بڑھتا گیا۔

"کیا ہوا جگدیش" میں نے برآمدے سے مہندر داس کے بیٹے کو آواز دی۔

"ٹھیک سے سمجھ میں نہیں آرہا ہے کاکا۔۔۔شاید قصائی بستی کی طرف کچھ ہوا ہے۔ شاید دلت لوگوں سے جھگڑا ہوا ہے۔۔ کوئی مرا بھی ہے۔"

یعنی فساد ہوگیا ہے۔ مگر ایسا کیسے ہوا اب کل ہی تو غیر منظّم لفاف اور چمڑے کے کاریگر، جن کا تعلق دونوں فرقوں سے ہے اپنے پی ایف کا فارم انجمن اسکول میں سر جوڑ کر بھر رہے تھے۔ کچھ لوگوں کو ان کا پاس بک بھی مل گیا تھا۔ سب بہت خوش تھے۔ پھر یہ کیا ہوگیا؟ نہیں ایسا نہیں ہوسکتا۔ کچھ اور ہی بات ہے، میں خود ہی دیکھتا ہوں۔

"کہاں جارہے ہیں، پتہ نہیں کیا ہوا ہوگا۔۔۔ کیوں بھیڑ بھاڑ میں جارہے ہیں۔" بیوی نے کہا۔

"جانتی تو ہو لوگ بات کا بتنگڑ بنادیتے ہیں۔ ہوتی ہے تکرار اور اسے فساد کہہ دیتے ہیں اور پھر واقعی فساد ہوجاتا ہے۔ میں بھی تو دیکھوں آخر بات کیا ہے۔؟" قصائی بستی پہنچا تو معلوم ہوا، یہاں ہریجن کوارٹر میں شاید کچھ ہوا ہے۔ کیا ہوا ہے معلوم نہیں۔ ہاں دو بچوں کے مرنے کی افواہ پھیلی ہوئی ہے۔

"افواہ ہے۔یعنی صحیح علم آپ لوگوں کو نہیں۔؟"

"پچا معلوم نہیں کیا ہوا۔۔پولس آگئی ہےُ۔۔کونسلر بھی ہیں۔ ادھر جانے سے ڈر لگتا ہے۔پولس نے فسادی مان کر پکڑ لیا تو ہمارے بال بچوں کا کیا ہو گا؟"

میں نے اس نوجوان کے چہرے کی طرف دیکھا۔چہرے کی معصومیت پر خوف کی تہہ جم رہی تھی۔

میں نے بھیڑ سے معذرت چاہتے ہوئے آہستہ آہستہ ہریجن کوارٹر کی طرف قدم بڑھائے۔پولس لوگوں کو روک رہی تھی۔کوارٹرس کے مین گیٹ کے اندر داخل ہونا منع تھا۔اسی درمیان کونسلر نے مجھے دیکھ لیا۔

"آیئے ماسٹر صاحب آیئے۔۔۔"

پولس والوں نے مجھے جانے دیا۔۔

"کیا ہوا۔۔؟"

"ابھی تک کچھ سمجھ میں نہیں آیا ہے۔۔اتنا ضرور ہے تین چھوٹے لڑکے یہی کوئی سات آٹھ سال کے ہریجن کوارٹر سے لگے اسکول پر مرے پڑے ہیں۔پولس اور فائر بریگیڈ والے دیکھ رہے ہیں۔"

"فائر بریگیڈ۔۔۔؟کیا آگ لگی تھی۔۔۔؟"میں نے حیرت سے پوچھا۔

"نہیں۔۔۔۔!"

کسی نے گھبراہٹ میں فائر بریگیڈ کو بھی اطلاع دے دی تھی۔

ہم لوگ اسی طرح بہت دیر کھڑے رہے۔۔بھیڑ کی آواز کو بھی سانپ سونگھ گیا تھا۔ان کی نظریں کبھی اسکول کی چھت کی طرف اٹھتیں اور کبھی ہریجن کوارٹر کے مین گیٹ کی طرف۔

اسی درمیان ایم ایل اے بھی آ گئے۔ "کیا ہوا دیدی۔۔۔ کیا ہوا ماسٹر صاحب؟" ابھی ان کی بات ختم بھی نہیں ہوئی تھی کہ کوارٹرس کے مین گیٹ سے پولس والے اور فائر بریگیڈ کے کچھ لوگ نکلے۔۔ پولس والوں نے ایک ساتھ ایم ایل اے کو سیلوٹ کیا اور کہا "سر! کیا آپ اندر چلیں گے۔۔ مگر اندر بہت گرمی، گندگی اور گھٹن ہے۔۔ راستے غلاظت سے بھرے ہیں۔"

"جو بھی ہو جانا تو پڑے گا۔۔ آخر بات کیا ہے۔ اس طرح لڑکے مر جائیں گے۔ ایسا کیسے ہوا، کیوں ہوا۔۔۔ اس کا حل نکالنا پڑے گا۔"

آپ لوگ بھی آیئے۔ انہوں نے مجھ سے اور کونسلر سے کہا۔

"کیا ہوا۔۔۔؟"

"ایک ذرا سی غلطی۔۔ ایک ذرا سی بے احتیاطی نے تین بچوں کی جان لے لی۔۔ ایک بچے کے ہاتھ میں ساڑی کا دامن ہے، ایک کے ہاتھ میں ٹوٹی کمان والی پتنگ اور ایک الٹا پڑا ہے۔۔ فائر بریگیڈ کے آفیسر انچارج نے بتایا۔

"یہ کیسے ہوا۔۔۔؟"

"ہریجن کوارٹرس کے اوپر ہائی والٹیج کا ننگا تار ہے جس سے ویپر لیمپ کا کنکشن ہے۔ نیچے کوارٹر سے لگّھی کے ذریعہ ساڑیوں کو سوکھنے کے لیے ڈالا گیا تھا۔۔۔"

"مگر اسکول کی عمارت کے مین گیٹ پر تو تالا ہے، یہ بچے اور کیسے گئے؟"

ایم ایل اے اور آفیسر انچارج کے درمیان گفتگو چل رہی تھی۔ میں شاید دس برس پہلے سماجی جاگرن کمیٹی کی طرف سے کواٹرس کے طویل و عریض احاطے میں گیا تھا۔ چھوٹے چھوٹے ان گنت کمرے اور آنے جانے کے لیے کہیں دو فٹ اور کہیں تین فٹ کا گلیارہ نما راستہ مگر لوگوں کی اتنی بھیڑ نہیں تھی۔ آج جب اندر داخل ہوا تو دلتوں کے

کوارٹرس والی الگ تھلگ بستی کو بکری چھڑی کی طرح آدمیوں سے ٹھسا ٹھس بھرا پایا۔ جیسے آدمی نہ ہوں، بھیڑ بکری ہی ہوں۔

ابھی میں پچھلے دنوں کو یاد کر ہی رہا تھا کہ کانوں نے ٹوٹتے گفتگو کے سلسلے کو جوڑ دیا۔ "عورتیں ہمیشہ اسی طرح لگّھی کے ذریعہ اسکول کے کنارے گلیارے سے بھیگے کپڑے پسارتی ہیں۔۔ کئی روز کی بارش کے بعد عورتوں نے کپڑے پسارے، بچوں نے پتنگ بازی شروع کی۔۔ ایک پتنگ کہیں سے کٹ کر آئی۔۔۔ گروہ کی شکل میں لڑکے اند آئے۔۔ ان لوگوں کے منع کرنے کے باوجود ان میں سے تین لڑکے اس طرف سے کسی طرح اسکول کی عمارت پر چڑھ گئے۔ اس کے بعد کیا ہوا کوئی نہیں جانتا۔۔ بس تینوں لڑکوں کی عجیب و غریب دردناک چیخیں ابھریں اور ڈوبتی چلی گئیں۔۔ کوارٹرس کے کیئر ٹیکر نے کہا کہ مسلسل برسات کی وجہ سے جگہ جگہ چھت پر پانی جمع تھا۔ تینوں نے پتنگ کو نکالنے کی کوشش کی ہوگی۔ شاید کوئی ترکیب لگا کر ساڑیوں تک وہ لوگ پہنچ گئے اور پھر بھیگی چھت، بھیگی ساڑی اور ننگے ہائی وولٹیج کے الکٹرک تار نے ان کے جسم سے سارا خون نچوڑ لیا۔۔" فائر بریگیڈ کے افسر نے کہا۔

میری آنکھوں کے سامنے ایک کے بعد ایک کئی منظر گذر گئے۔۔ اس نوجوان کا چہرہ بھی سامنے آگیا جس کی معصومیت پر خوف اور ڈر کی پرچھائیاں تھیں۔ ابھی تک لاشیں اوپر سے اتاری نہیں گئی ہیں۔

کوئی نہیں جانتا یہ بچے کس کے ہیں۔۔۔ ہریجن کوارٹر کے سامنے مسلمانوں اور ہندوؤں کی ملی جلی آبادی والی قصائی بستی اور دلت بستی ہے۔

یہ بچے کس کے ہیں۔۔۔؟

چیخ و پکار ہر طرف ہے۔۔ بہت ساری مائیں اپنے بچوں کو ڈھونڈ رہی ہیں مگر۔۔۔۔

چھت پر تو تین لاشیں ہیں۔

"کس بدنصیب کے بچے ہیں۔۔۔" ایک آواز ابھری ۔۔۔دکھ اور درد کے سائے ہر طرف پھیلے ہوئے تھے۔

"جلدی سے لاشوں کے نیچے لانے کا انتظام کیجیے۔" ایم ایل اے نے فائر بریگیڈ والوں سے کہا اور باہر آکر ایک پان کی دوکان کے چبوترے پر بیٹھ گئے۔ کل کی طرح آج بھی انجمن اسکول میں پی ایف کے فارم کی خانہ پری، چمڑے، لفاف، سائیکل وین والے اور جلد سازی کرنے والے ہندو اور مسلمان مزدوروں کو کرنی تھی۔ مگر سارے دم سادے اِدھر اُدھر بیٹھے تھے۔

آخر کس کے بچے ہیں۔۔۔؟

ہندوؤں اور مسلمانوں کی اس ملی جلی آبادی والی بستیوں میں ایک ایسی اداسی تھی جس کا کوئی رنگ نہ تھا۔ ہندو اور مسلمان سب ایک ہی جگہ جمع تھے۔

اس طرح بچے مر جائیں گے۔

کئی گھنٹوں کے لیے دونوں فرقوں کی مشترک اداسی ایک نئے باب کا اشاریہ بن گئی تھی۔

"معصوم بچے مرے ہیں، چاہے وہ کسی کے بھی ہوں۔" دکھنی دائی بار بار اس جملے کو دہرا رہی تھی اور رو رہی تھی۔ ان محلوں کے زیادہ تر بچے اسی کے ہاتھوں کے تو جنمے ہیں۔ دکھنی دائی شاید یہی سوچ سوچ کر اور زور زور سے رونے لگی تھی۔ اس کے آنسوؤں کے تار جیسے میری آنکھوں میں جالے بن رہے تھے۔ آنکھیں ملتے ملتے جائے حادثہ سے اپنے محلے کی طرف لوٹنے لگا۔ گلی گلی تیز قدموں سے گزر رہا تھا کہ خدا کی اس بستی میں گلیاں ہی ہیں اوران گلیوں ہی بھر آسمان۔ کوئی سڑک نہیں۔

میں نے آنکھوں کا ملنا بند کیا۔۔۔ کھلی آنکھوں سے آسماں تاکنے کی کوشش کی مگر آسمان۔۔۔؟

کہیں کپڑے، کہیں تار۔۔۔ کہیں کپڑے کہیں تار۔

گھر پہنچ کر لڑکھڑاتے ہوئے بستر پر دراز ہو گیا۔

کچھ دیر آنکھیں بند کیے پڑا رہا۔

ان تاروں کے شاک نے تین معصوموں کی جان لی۔ ہم کیبل ٹی وی، بجلی اور فون کے تاروں کے جال میں ہیں۔ ہم سے ہمارا آسمان چھنتا چلا جا رہا ہے۔

لیٹے لیٹے میں نے ماں کی تصویر کی طرف دیکھا 'آپ کے زمانے میں تو یہ حال نہیں تھا نا؟'

"یہ بچے پتنگ اڑانا کیوں نہیں چھوڑ دیتے۔۔۔" اچانک پشت سے میری بیوی کی آواز ابھری۔

اس دکھ اور بدحواسی میں بھی میرے ہونٹوں پر مسکراہٹ آ گئی 'چھین لو اپنے پوتے اور نواسے سے پتنگ۔!'

دوسری صبح حسب معمول تاروں کے جال پر پسارے گئے کپڑے ہم پر خندہ زن تھے۔

وشوکرما پوجا کی آمد کی خوشی میں پتنگ کی دکان میں لڑکوں کی بھیڑ بڑھتی جا رہی تھی۔۔!

***

سہمی ہوئی تصویر

سائرہ غلام نبی

ایسے ہی ان سب کو قدموں کی آہٹ سنائی دی' اس حبس زدہ کمرے میں صدیوں کا سنّاٹا ٹھہر گیا۔

"آ گیا سالا دماغ کی دہی کرنے" ان میں سے کسی نے زیرِ لب کہا۔

باقی سب مصروف دکھائی دینے کی اداکاری کرنے لگے۔ صاف لگتا تھا کہ برسوں کی ریہرسل کے باوجود بھی مہارت میں اناڑی پن ہے۔

نام نہاد مالکانہ استحقاق سے اٹے چہرے پہ سیاہ رنگ کا چشمہ چڑھائے وہ دروازے سے داخل ہوا۔ اس سیاہ چشمے کے بارے میں اس کے ماتحتوں کا خیال تھا کہ وہ حالات سے چشم پوشی کے لیے لگاتا ہے۔

جس کمرے میں وہ داخل ہوا' یوں لگتا تھا کہ مستقبل بنیادوں پر خصوصی پلاننگ کر کے بے ترتیبی پھیلائی گئی ہے کہ دفتری امور تندہی سے انجام دینے والے کسی سہولت کا ذائقہ نہ چکھ لیں اور تن آسان نہ ہو جائیں۔ سیٹھ کی مخصوص ذہنیت اس کمرے کے کونے کونے سے ٹپکتی تھی۔ جہاں پانچ کرسیاں' تین میزیں' میزوں پر چائے کے دو کپ' ایک جگہ' چار گلاس' کبھی پانچ' کبھی دو' کبھی تین۔ البتہ ملازمین کی تعداد گھٹتی بڑھتی رہتی۔

دروازے کے عین سامنے والی دیوار میں ایک کھڑکی تھی' جس کے پٹ مضبوطی

سے بند کیے گئے تھے کہ کہیں تازہ ہوا کا جھونکا اندر نہ آ جائے' جس کے درزوں سے موسم جھانکتا گزر جاتا تھا۔ البتہ اس کھڑکی کے اوپر ٹنگی گھڑی وقت گزرنے کا لمحہ بہ لمحہ اعلان کرتی تھی۔

اس کمرے کی اشیا بہ شمول افراد کب کاٹھ کباڑ میں تبدیل ہوئے' دیوار پر پھڑ پھڑاتا کلینڈر اس سلسلے میں خاموش تھا۔

وہ انگنت بل پیشانی پہ ڈالے اپنی بے آرام نشست گاہ پر بیٹھنے لگا کہ ٹیلی فون کی گھنٹی اس لمحے بج کر گویا اسے چڑانے لگی۔ وہ کئی سیکنڈ تک گھور کر اسے دیکھتا رہا تو وہ جیسے سہم کر چپ ہو گئی۔

وہ ان سب پر انچارج مسلط کیا گیا تھا۔ سیٹھ کی نظروں میں سرخرو ہونے کی کوشش میں اچھے برے کی تمیز بھلا بیٹھا تھا۔ برسوں اندر کی پکار کو سلاتے سلاتے جسم کے احتجاج نے نہ ختم ہونے والی جھلّاہٹ اس کی رگ رگ میں بھر دی تھی۔ سیٹھ کے سامنے گھگھیانے والا اپنے ماتحتوں میں آ کر خوف کی آلودگی پھیلانے والا ایسا آلہ بن جاتا تھا جو صرف ان کے دماغوں میں دھواں بھرتا۔

لائٹر سے شعلہ نکلا اور سگریٹ کی بجائے خود ہی سلگ اٹھا' ہر روز کی طرح اب بھی اس کی نظر سیدھی پلستر اکھڑی دیوار پہ ٹنگے قدیم فریم پہ جا ٹکی' جس کا جھکاؤ قدرے ترچھا ہو رہا تھا جو سہما سہما ہوا سا تاثر دیتی تھی۔ جانے کیا بات تھی کہ وہ کمرے کی حالتِ زار کو یکسر نظر انداز کر کے اس تصویر پر نظر پڑتے ہی بھنّا اٹھتا اور اس کا پہلا سوال ہوتا۔ "آج بھی یہ فریم سیدھا نہ ہو سکا۔"

آج بھی اس نے پہلی بات وہیں سے شروع کی' جو کل کی آخری تھی۔

"تم لوگوں نے کل کچھ کیا ہے' جو آج کر لو گے" وہ ترچھے فریم کو نفرت سے دیکھتے

ہوئے بولا۔

"ایک کیل تو تم سے ٹھونکی نہیں گئی' کرتے ہو انقلاب کی باتیں۔"

مقابلے سے پہلے ہتھیار پھینکنے والے ہر روز کی طرح آج بھی حق دق تھے کہ ان کے ذہن میں یہ خنّاس کب تھا۔

بات ننھی سی کیل سے شروع ہو کر ہمہ گیر ہو چکی تھی' اب وہ لاینحل مسائل کو لیے جھنجلا کر ان کے اعصاب پر برس رہا تھا۔

یہ روز کا معمول تھا' وہ سیٹھ کے کاروبار کے جوڑ توڑ میں الجھتا' شاہ سے زیادہ شاہ کا وفادار بنا' سیٹھ کے کمرے سے لوٹتا' جہاں اس کے ماتحت کام کرنے والے والوں کے سر جھکے ہوئے ہوتے' ان کو فرض شناسی سے کام کرتا دیکھ کر اس کو آگ لگ جاتی' اور ترچھے فریم میں مٹتے ہوئے نقش و نگار والی تصویر' اس کے جھلّاہٹ کا نقطہ آغاز بن جاتی اور وہ مغلظات بکنے لگتا کہ تصویر تک سہم کر' دیوار سے چپک جاتی اور کان دبا کر سننے لگتی۔

"مقدّر تم لوگوں کا۔ سزا ہم جیسوں کو۔ ہمارے ٹیکسوں پہ پلنے والے' یہ صرف اور صرف تمہارے اعمال کی سزائیں ہیں' تم لوگوں نے منتخب کر کے ہمارے سروں پہ بٹھایا ہے" وہ از خود صالحین میں شامل ہو گیا۔ اور بقیہ کو عوام کی گالی دے کر ہر قصور سے خود کو بری الذمہ قرار دے دیا۔

"خدا کی قسم! ہم نے تو کسی پارٹی کو ووٹ نہیں دیا" بے ارادہ ہی ان میں سے ایک صفائی دے بیٹھا۔ اب اس کا روئے سخن اس کی طرف تھا۔ یہ الزامات نئے نہ تھے' نہ آج ہی کوئی قصور سرزد ہوا تھا۔ یہ تو روز کا قصہ تھا۔ ہزار بار کے دہرائے ہوئے جملوں سے معنی مر چکے تھی' الفاظ کی سڑاند بڑھتی چلی جا رہی تھی۔ یقیناً یہ وہ خیالات تھے' جو سیٹھ اپنے مفادات کے تحت اس کے اندر انڈیلتا جنہیں وہ باہر آ کر اگلنے لگتا۔

"یہ تم ہو نا عوام' جن کی اتنی بساط نہیں کہ ایک ذرا سے ترچھے فریم کو سیدھا کر سکیں۔"

بھلا کہاں فریم' کہاں 'عوام' کہاں نظام۔ عجب بے ربط جوڑ تھا۔

"سر! وہ آج کی مہلت مل جائے تو۔"

یہ سنتے ہی اس کا تند لہجہ استہزا آمیز ہو گیا۔

"اونہہ! آچکی کل۔" کمرے میں موجود اس کے علاوہ سب ہی نے دانت کچکچا کر اس فریم کو دیکھا' اور ماحول کی کڑواہٹ کو اندر دھکیل کر مانیٹر کی اسکرین میں گھسنے کی کوشش کرنے لگا۔

ان سب کو اس فریم شدہ تصویر سے لے کر ملک کے نظام تک سے قطعاً کوئی دلچسپی نہیں تھی' ان کی بلا سے نظام بدلے 'چہرے بدلیں' انصاف ہو یا نہ ہو' انقلاب آئے یا نہ آئے۔ انہیں تو فقط اپنے کام کا معاوضہ درکار تھا۔ جس سے زندگی کی تہمت کو گور تک با آسانی لے جائیں۔ کچھ توقف کے بعد کمرے میں اس کی آواز پھر ان سب کے کانوں کے پردے سے ٹکرائی۔

"اخبار پڑھتے ہو؟"

"جی۔ جی" اب اس جی میں اقرار تھا یا انکار۔

اس کو بھی یہ جاننے سے دلچسپی نہیں تھی۔ وہ شام کے اخبار کی شہ سرخی بن گیا اور ہراس پھیلانے لگا۔

"تم لوگوں نے کچھ سوچا۔ اونہہ بھلا تم کیا سوچ سکتے ہو۔ زیادہ سے زیادہ بڑی طاقتوں کو گالی دے دو گی۔" خود سے سوال کر کے خود ہی جواب دینے کا فریضہ انجام دیا۔ سب کی نوک زباں پر ایک غلیظ ترین گالی آئی' مگر وہ گالی اندر کو دھکیل دی گئی۔

ان سب کو خاموش دیکھ کر کسی اینکر پرسن کی طرح سارے قصور ان کے سر تھوپتا چلا گیا۔ جانے کتنے میڈیا مسائل تھے جو لمحے بھر میں گنوا دیئے گئے تھے۔

ہر دن کی طرح ایک بار پھر وہ سب سوچنے لگے' وہ پہلے جمہوریت کا بحران حل کریں 'گمشدہ افراد کو بازیاب کروائیں 'ڈرون حملوں کو رکوائیں یا اس بھونپو کو اٹھا کر باہر پھینک دیں' یا کم از کم اس فریم کو جلد از جلد خاکستر کر دیں۔ ان سب کی سوچوں میں وقتی اُبال اُٹھا' معمول کی طرح سر جھکا کر کام کرتے جیسے ہی پانچ بجے' عارضی رہائی پاتے ہی کمرے کا ہر غم بھلا کر صبح نو تک کے لیے اپنی دنیا میں مگن ہو گئی۔

صبح کے نو بج چکے تھے' ایک ایک کر کے وہ آ چکے تھے' ان سب کا مصمم ارادہ تھا کہ وہ اس ترچھے فریم والی تصویر کو سیدھا کر کے رہیں گے۔

"یار! یہ بھی کوئی مشکل کام ہی۔" ایک نے اسٹول کو دیوار کے قریب رکھتے ہوئے کہا۔

"خوامخواہ اس بڈھے نے اِشو بنار کھا ہی۔" دوسرا اسٹول پر چڑھ گیا۔

چوتھے نے دوسرے کو پیپر ویٹ تھمایا۔ وہ کیل اکھاڑ کر نئے سرے سے ٹھونکنے لگا۔ چند ہی لمحوں میں ٹھیک زاویئے سے فریم' کچھ اجنبی سا تاثر دے رہا تھا۔

"الو کا پٹھا" دوسرا ہاتھ جھاڑتے ہوئے فقط معصوم سی گالی دے کر رہ گیا۔ تیسرے نے زور دار گالی دینے کے لیے منہ کھولا ہی تھا کہ ان کے قدموں کی چاپ سنائی دی' اور پل بھر میں حبس زدہ کمرے میں سنّاٹا ٹھہر گیا۔ وہ نپے تلے قدم اٹھاتا' فرش کو روندتا اندر داخل ہوا۔

اس سے پہلے کہ فون اسے چڑاتا۔ اس نے اسے اٹھا کر کریڈل پر رکھ دیا۔ برسوں کی عادت کے مطابق 'سیدھی اس کی نظر پلاستر اکھڑی دیوار تک گئی۔ جہاں فریم سیدھا ہو کر پھیکی سی مسکراہٹ کا تاثر دے رہا تھا۔

کچھ دیر مکمل خاموشی طاری رہی۔ وہ فریم کو تکتا رہا۔

"یہ فریم کس نے سیدھا کیا ہی۔" کڑک دار لہجہ ان کو ایک بار پھر سہما گیا۔

"وہ ہم نے۔" ان میں سے کسی ایک نے جوش میں بولنے کی کوشش کی۔ اور ہکلا کر رہ گیا۔

"کیا سارے مسائل حل ہو گئے؟" اس نے سب کو باری باری گھورا' سب کے سر عادتاً پنڈولم کی طرح ہلے۔

"آج مجھے یقین ہو گیا' تم سب کچھ بھی نہیں کر سکتے' کچھ بھی نہیں۔" وہ تیز آواز میں بار بار ایک ہی جملے کی تکرار کرنے لگا۔

"کیا مذاق ہے' پوری قوم مل کر ایک کیل ٹھونکنے میں لگی ہوئی ہے' تمہیں خبر ہے تمہاری سرحدوں پر کیا ہو رہا ہے۔ تمہاری اسمبلیاں آج کل کس اِشو پر لڑ رہی ہیں اور وہ تمہاری عدالتیں۔"

ایک بے ضرر سی کیل تھی' لاینحل مسئلے تھے اور وہ تھا۔

فریم میں مٹی مٹی سی تصویر ان سب پر ہنس رہی تھی' اور وہ سب اپنے آپ میں چھپ رہے تھے۔

***

خوشبو کا سفر

ڈاکٹر بلند اقبال

پھر کچھ ہی دیر میں وہ لمحہ آ گیا جب وقت فنا ہو کر محض ایک کسیلی یاد کی شکل میں تاریخ کے صفحوں میں محفوظ ہونے والا تھا، بس ایک مسلے ہوئے پھول کی خوشبو تھی جو زمین و آسمان کے درمیان پھنسے ہوئے اُس بھاری بھر کم لمحے سے جان چھڑا کر بادلوں کے اوٹ آ چھپی تھی اور اب ایک انجان سی خواہش لیے آخری بار بغداد کی گلیوں اور بازاروں پر نظر ڈال رہی تھی جہاں ایک فاقہ زدہ صوفی کو سولی پر چڑھایا جانے والا تھا۔

بغداد کی گلیوں اور بازاروں میں لوگوں کے ہجوم وحشتوں کی عبائیں پہنے جنگلی جانوروں کی طرح ایک دوسرے کے پیچھے سرپٹ بھاگ رہے تھے۔ اُن کے ذہن خالی اور سینے نفرتوں سے بھرے ہوئے تھے۔ اُن کے ہاتھوں میں نوکیلے پتھر اور ہونٹوں پر منصور الحلاج کا نام تھا۔ زخم خوردہ منصور الحلاج، جس کا بدن تلوار کے دستوں کی ضربوں سے خون آلود تھا، جس کی بے ہنگم کٹی ہوئی داڑھی کے پیچھے چھپے ہوئے چہرے پر چانٹوں کے نشان تھے۔ جو کئی دنوں کا فاقہ زدہ تھا اور جس کی پسلیوں پر جلد کی جگہ محض ایک جھلی سی رہ گئی تھی۔ جوں جوں وہ ایک شکنجے میں جکڑ کر بیچ بازار میں لایا جانے لگا عشق الٰہی سے منور فضاء اُس کے کلام سے مہکنے لگی۔۔

یکسو کر دیا مجھے اس (ذات) واحد نے سچی توحید کے ذریعے

سالک کے لیے اُس تک پہنچنے کا اور کوئی راستہ نہیں

میں حق ہوں اور حق، حق کے ساتھ حق ہے

اس کی ذات سے منسلک ہونے کے بعد فراق ممکن نہیں۔۔

اور پھر نوکدار پتھروں کی ضربوں سے منصور کا بدن لہولہان کیا جانے لگا مگر وہ دیوانگی عشق میں سرمست صوفی، تختۂ دار کو دیکھ کر مسکرانے لگا مگر اس سے قبل کہ اُس کے لہو سے دار کی لکڑی سُرخ ہو جاتی، ایک پھول شبلی کی دبی ہوئی مُٹھی سے نکلا اور منصور الحلاج کے زخم خوردہ بدن کو معطر کرتا ہوا ہجوم کے قدموں تلے رُندتا چلا گیا۔ پھر جونہی منصور الحلاج کا سر قطع کر کے جسم کو نظر آتش کیا گیا اور اُس کی راکھ راس المنارہ سے ہوا میں بکھیری گئی تو وہ بغداد کی گلی کوچوں میں سوگوار سی اُڑتی ہوئی چند لمحوں کے لیے جنید بغدادی کی قبر کی دھول سے آملی اور پھر وہاں موجود بایزید بسطامی اور ابوسعید ابوالخیر کے چڑھائے ہوئے پھولوں کی خوشبوؤں کو اپنے اندر بسا کر زمین و آسمان کے اُس مشکل لمحے سے دامن چھڑانے لگی مگر پھر ایک موہوم سی امید کے سہارے بادلوں کے اوٹ چھپی خوشبو سے آکر مل گئی اور پھر وقت کے طویل مگر انجانے سفر میں شامل ہو گئی۔

لاہور کی پُر رونق گلیوں اور بازاروں میں زندگی اپنی پوری آب و تاب کے ساتھ رواں دواں تھی۔ بلاول گنج مارکیٹ کی گلیوں میں صوفیانہ کلام کی مہک کسی انجانے اندیشے سے اندر ہی اندر کانپ رہی تھی۔ شام کا وقت آنے والی صبح کی سلامتی کے لیے بابا داتا گنج بخش کے مزار پر نذرانوں کے پھول چڑھانے کو بے تاب تھا۔ دیوانگی عشق میں سرمست صوفی فقیر اللہ ہو اللہ ہو کا وِرد کرتے ہوئے گلیوں میں ناچ رہے تھے اور فضاء حضرت محی الدین چشتی کے کلام سے مہک رہی تھی۔۔

گنج بخش فیض عالم، مظہر نور خدا۔۔ ناقصاں را پیر کامل، کاملاں را راہنما

پھولوں سے لدے ٹھیلوں و خوانچوں اور مزار پر چڑھانے والی چادروں کی دوکانوں پر زائرین کا ہجوم بڑھتا جا رہا تھا۔ بابا داتا گنج بخش کے مزار کا طویل کشادہ صحن صوفیانہ کلام کی خوشبو سے مہک رہا تھا۔ بچے، جوان، بوڑھے، عورتیں، مرد، امیر، فقیر سبھی فرش پر زانوں ہوئے عبادت الٰہی میں مشغول تھے۔ لحہ بہ لحہ کلام الٰہی کا وِرد جاری و ساری تھا، دربار میں اجتماعی دُعا کے خاطر لوگ اپنی صفیں درست کر رہے تھے کہ اچانک مزار کے سبز گنبد اور صحن میں پھرتے پر سکون کبوتر کسی نادیدہ اندیشے کو پا کر خوفزدہ ہو کر ایک ساتھ پھڑ پھڑا کر اُڑنے لگے۔

اور پھر بلاول گنج مارکیٹ کی گلیوں میں تین سائے وحشتوں کی عبائیں پہنے جنگلی جانوروں کی طرح انسانی لہو سے اپنی پیاس بجھانے نمودار ہوئے۔ اُن کے ذہن خالی اور سینوں میں نفرتیں تھیں۔ اُن کے ہاتھوں میں گرنیڈ اور خود کُش دھماکوں کی جیکٹس اور ہونٹوں پر حضرت داتا گنج بخش علی ہجویری کا نام تھا۔ کچھ ہی دیر میں اللہ کے ذکر میں مصروف عبادت گزار اجتماعی دُعا کے خاطر قطار در قطار صف بندی کرنے لگے اور دربار میں جمعرات کی جمعرات حاضری لگانے والا محمد منشاء خود کے لیے دُعائیں مانگنے کے بجائے ذکر اذکار میں مشغول زائرین پر عطر اور خوشبو چھینکنے لگا کہ اچانک اُس کے ہاتھوں میں دبے عطر دان سے نکلی خوشبو زندہ انسانوں کے بجائے مردہ انسانی گوشت کے لوتھڑوں کو معطر کرنے لگی۔ داتا دربار کے پہلو میں دھماکے سے اُنکے سرہانے درج مرکز تجلیات انسانی لہو سے بھیگ کر رنگین ہونے لگا

اور مزار شریف کا سبز گنبد کبوتروں اور انسانی خون کے لوتھڑوں میں رنگ کر سُرخ گنبد میں بدلنے لگا۔ مزار کے فرش پر عبادت گزاروں کا خون اور اعضاء ہر طرف بکھرنے لگے اور پھر کلام الٰہی کا وِرد اور صوفیانہ کلام کی مہک دھاڑیں مار مار کر روتی ہوئی

آوازوں میں بدلتی چلی گئی۔

محمد منشاء کے ہاتھوں میں دبے عطر دان کی خوشبو انسانی گوشت کے لوتھڑوں اور بکھرے ہوئے اعضاء کو معطر کر کے کچھ دیر تو یونہی لاہور کے گلی کوچوں میں سوگوار اڑتی رہی اور پھر کچھ ہی لمحوں میں مزار شریف پر خواجہ نظام الدین اولیا، حضرت معین الدین چشتی اور بابا فرید الدین شکر گنج کے چڑھائے ہوئے پھولوں کی خوشبو کو اپنے اندر بسا کر زمین و آسمان کے اُس مشکل لمحے سے دامن چھڑانے لگی جہاں وقت بارود کے دھماکوں سے فنا ہو کر پھر سے ایک کڑوی کسیلی یاد کی شکل میں تاریخ کے صفحوں میں محفوظ ہو گیا تھا، مگر پھر ایک موہوم سی امید کے سہارے بادلوں کے اوٹ چھپی خوشبو سے آ کر مل گئی اور ایک بار پھر وقت کے طویل مگر انجانے سفر میں شامل ہو گئی۔

***

اپنے دکھ مجھے دے دو

فرقان سنبھلی

" کتنی بار کہا ہے کہ تم کسی بات کی بھی ٹینشن مت لیا کرو۔ میں ہوں نا۔ "

ارسلان نے خوشی کے ہاتھ اپنے ہاتھ میں لیتے ہوئے کہا تو خوشی اسے دیکھتی ہی رہ گئی۔ دونوں ایک ہی کمپنی میں نوکری کرتے تھے اور موقع ملنے پر سکھ دکھ بانٹنے بیٹھ جاتے تھے۔

" اب کیا پریشانی ہے " ارسلان نے کہا۔

" ایک ہو تو کہوں "۔ خوشی نے قدر خفگی سے کہا۔

" کہو تو سہی "

" میری نوکری چھوٹ گئی۔ "

" چلو یہ تو اچھا ہوا۔ میں تو کب سے کہہ رہا تھا کہ نوکری چھوڑ ہی دو۔ "

"لیکن نوکری نہیں ہو گی تو میری بیمار ماں کی دوا، گھر کا خرچ اور بہن کی شادی کیسے ہو گی۔ "

" میں ہوں نا– تم اپنے تمام دکھ مجھے دے دو۔ "

"ماں کی دوائی۔ "

"میں لا دیا کروں گا۔ "

"گھر کا خرچ کیسے چلے گا میرا تو کوئی بھائی بھی نہیں ہے۔"

"میرا تو اس دنیا میں تمہارے سوا کوئی نہیں ہے میں تمہارا گھر ہی اپنا سمجھوں گا اور گھر کا خرچ چلاؤں گا۔"

"سچ مچ تم مجھ سے بہت پیار کرتے ہونا"

"ہاں بہت زیادہ"

"تو میری ایک بات مانو گے"

"کہو"

"تم میری بہن سے شادی کر لو" خوشی نے کہا تو جیسے ارسلان کو بچھو نے ڈنک مار دیا ہو "کیا۔ کیا کہہ رہی ہو خوشی"

"ہاں اور تم میرے بھیا بن جاؤ" خوشی کی بات پر ارسلان اچھل ہی تو پڑا۔

"اگر تم میرے دکھ لے لو گے تبھی تو میں سکون سے ارشد کی دلہن بن سکوں گی جو کب سے میرے لیے انتظار کے دیپ جلائے بیٹھا ہے۔"

***

کچی مٹی کا کھلونا

رافعہ خان

بیس بیس کے نوٹ گن کر وہ سامنے بکھرے لفافوں میں عیدی ڈالتی جا رہی تھی۔ پنسل سے ناموں کے ابتدائیے نشان کرتے کرتے اسے احساس ہوا۔ وہ کتنے سالوں سے یہ سب کر رہی تھی۔ اور کرتی چلی جا رہی تھی۔ مونی چند پل پہلے گھر سے نکلا تھا۔

"داور کی طرف گروپ سٹڈیز کے لیے جا رہا ہوں۔

آپ پھر روپے بانٹنے لگی ہیں ساری دنیا میں۔

عید کے لیے پھر حلیم بنا لیا ہے۔۔ کچھ اور نہیں بن سکتا اس مرتبہ۔۔"

ایک ہی فقرے میں اس نے اپنے جانے کی اطلاع بھی دی تھی اور کچھ کہنے کی گنجائش چھوڑے بنا اس کے لیے سوالنامہ تیار کر دیا تھا۔ اور جواب میں وہ تنبیہی نگاہ سے اسے دیکھتی نہ چاہتے بھی سخت ہو گئی۔

"دس بجے گھر ہونا۔ صبح عید بھی ہے۔ اور دروازہ بند کر جانا۔"

اسکا منہ بنا کر کہا لمبا سا بے زار "فائین" دیر تک اس کے کانوں میں گونجتا رہا۔ تبھی وہ جانتی تھی وہ نہ دروازہ بند کرے گا، اور نہ ہی گروپ میں جائے گا۔ اور دس بجے تک واپس نہ آنے کے لیے وجہ بھی سوچ چکا ہو گا۔

مونی نہ اب اس کی سننا چاہتا تھا، نہ ماننا لیکن وہ اسے بہت آگے لے جانا چاہتی

تھی۔ وہ دروازہ بند کرنے کے لیے اٹھتے بھی وہ اسی کے بارے میں سوچ رہی تھی۔ اک عجب بے زاری نے اسے گھیر لیا تھا۔ کھلے گلے کی ٹشو ٹی شرٹ پیچھے سرکا کر اس نے ٹھنڈک محسوس کرنے کی کوشش کی۔ مگر گلا بیٹھا بیٹھا سا تھا۔ اور سینے میں نامعلوم سی انی چبھے ہی جارہی تھی۔ جیسے وہ کوئی خاص دن بھول رہی ہو۔ جیسے دھوپ میں بند گاڑی میں بیٹھنے سے سانس رکتی ہوئی لگے۔ فل پر چلتا اے سی بھی ٹھنڈک اس کے اندر اتارنے سے ہار رہا تھا۔ بار بار اسے مونی کی کلاس فیلو کا کل کا فون یاد آرہا تھا۔

ایک لحظہ رک کر اس نے چولہے پر کھڑ بھڑ پکتے حلیم میں چمچ ہلایا۔ بے دھیانی میں ہی کافی کا پانی ڈالا اور اپنا کپ فلٹر کے نیچے رکھا۔ وہ کلاس فیلو کچھ کہنا چاہ رہی تھی۔ مگر کہہ نہ پائی تھی۔ جیسے جھجک رہی ہو۔ یا جیسے اسے خود معلوم نہ کہ وہ کیا کہے۔۔ مونی کو جاننے والے کسی بھی انسان کو ایسا ہی لگتا۔ مگر وہ تبسم تھی۔ اس نے مونی کو جنم دیا تھا۔ پھر اس کو پالا تھا۔ اور اس کو ایسا بنایا تھا کہ ہر اک کہتا تھا،" مونی بہت ویل بی ہیوڈ اور ڈسپلنڈ ہے۔ مونی بہت خاص ہے۔" ہاں اس نے مونی کو خاص بنانے کے لیے کام کیا تھا۔ منہ اندھیرے اٹھ کر رات گئے تک۔ گرمی اور سردی میں۔ گھنٹوں کھڑے رہ کر اور پہروں بیٹھ بیٹھ کر، اچھا، برا ہر طرح کا کام۔ جو اس کے اور راشد کے بیٹے کو خاص بنا سکتا تھا۔ پھر کیا تھا جو وہ کہنا چاہتی تھی۔ پہلی بار کسی نے اسکے بارے میں کچھ پریشانی ظاہر کی تھی۔

"مونی بہت ڈسٹربڈ لگ رہا ہے آجکل۔ کیا اسے کوئی گھریلو پریشانی ہے"

"نہیں تو۔۔" تبسم چپ سی رہ گئی تھی۔

"لیکن اس کی باتیں، اسکے دوست۔۔"

لڑکی کچھ کہتے کہتے رک گئی تھی۔

"کون دوست۔۔۔"

"وہ۔۔۔۔ قا۔سم"

"اچھاوہ۔۔"

قاسم کا نام سن کر وہ حیران ہوئی تھی۔ لیکن مونی کے بدلتے انداز تو وہ اس کا سولہواں سال شروع ہونے سے ہی دیکھ رہی تھی۔ اور آج اسے ایسی بیزاری ہو رہی تھی جو پچھلے اٹھارہ سالوں میں نہیں ہوئی تھی۔ اور ان اٹھارہ سالوں میں اس نے کیا نہیں کیا تھا۔ آج تک اس نے اپنے بیٹے کو، اپنے گھر کو، اور اپنے خود ساختہ معیار کو کبھی سمجھوتے کی آنچ نہیں لگنے دی تھی۔

وہ دروازہ بند کرتی کرتی راہداری میں لگے آئینے کے سامنے رک گئی۔ نازک دھاتی سٹینڈ میں چھوٹے چھوٹے کٹوروں اور پیالوں کو اس نے کچھ اس خوبصورتی سے سجایا تھا کہ ان کی کجی بھی خوبصورت لگتی تھی۔ نیلے، پیلے اور سرخ چھوٹے بڑے وہ پیالے مونی نے آرٹ کلاسز میں اس کے لیے بنائے تھے۔ بھٹی میں پکنے سے چکنی مٹی چمک گئی تھی۔ اس کے برانڈ نیم چیزوں سے بھرے سجے گھر میں صرف یہی ایک چیز تھی جو کسی بڑے ڈیزائنر کے نام سے مشہور نہیں تھی۔ ایک ہی چیز تھی جو اسکو اس پرانی گلی کی یاد دلاتی تھی۔

وہ گلی جو بہت دور رہ گئی تھی۔ کچی چکنی مٹی، جس میں لپالپ پاؤں ڈال کر وہ گارا بناتے۔ پھر اسکو سخت کرتے، پھر اس سے کیلا، سیب، آم اور سنگترہ بنا کر رنگریز سے لیے رنگوں سے خوب رنگتے۔ گھنٹوں وہ اس کام میں لگے رہتے۔ اور دوسرے دن وہ سارے کھلونے ٹوٹ جاتے۔ پر پیروں کے نیچے پانی اور مٹی کی سنسناہٹ جاگتی رہتی۔ نرمی، ٹھنڈک اور نمی۔ اور کبھی کبھی جب وہ سب بہت انہماک سے کام میں لگے ہوتے، گلی کے بڑے بچے اپنے ڈنڈوں پر گھوڑے دوڑاتے آتے۔ ادھ بنے کھلونوں پر پاؤں رکھتے بھاگتے جاتے۔ وہ اپنے مٹی بھرے ہاتھ کمر پر رکھ کر، گردن آگے نکال کر چیخ چیخ کر ان کو جانے کیا کیا نام

پکارتے۔ وہ کبھی مڑ کر نہیں دیکھتے تھے۔ مگر پھر نہ جانے کیسے صحیح وقت پر دوبارہ آ جاتے۔

اس نے اس گلی اور ان بچوں کا نام یاد کرنے کی کوشش کی۔ تو ہنسی اس کے لبوں پر لمحہ بھر کو اتری۔ اسے وہ نام یاد ہی نہیں آئے۔ پر مٹی کی نرمی اس کے پاؤں کے نیچے جلی۔ تب وہ ہمیشہ سوچتی تھی ایک دن وہ بہت پکا اور رنگدار کھلونا بنائے گی جو کبھی نہیں ٹوٹے گا۔ سب سے خاص، سب سے الگ۔ مونی اس کا وہی کھلونا تھا شائد۔ اس نے کتنے سال اس پر لگائے تھے۔ اس کو امریکی ڈے کیئر میں رکھا تھا کہ اس کا تلفظ مقامی ہو۔ اس کو گلے کی صحیح کھرج والے عربی تلفظ کے لیے سنڈے سکول کا ایک ناغہ بھی مشکل سے کرنے دیا تھا۔ اس کے سپورٹس اور سویمنگ کلب کی فیسیں بھری تھیں۔ اسے لیے لیے پھری تھی۔ اور اب جب اس کی گاڑی کا ماڈل لیٹیسٹ تھا۔ اسکے جوتوں سے لیکر اس کی پی کیپ تک، اسکے فلور کشن سے لیکر اسکے ناک پوچھنے کے کاغذ تک ہر چیز برانڈ نیم معیار کی تھی۔ نہ جانے کب اور کیسے قاسم اور مونی کا نام ساتھ ساتھ بندھ گیا۔۔ قاسم انہی کھلونا توڑنے والوں جیسا ایک غنڈہ تھا۔ وہ اسے مونی سے دور رکھنا چاہتی تھی۔

اسے یاد تھا ان غنڈوں سے آگے نکل جانے کے لیے اس نے کتنی محنت کی تھی۔ اس کی محنت تب وصول نہیں ہوئی تھی جب راشد معز نے اسے بتایا تھا وہ بہت خاص تھی۔ ہاں وہ پہلا قدم تھا اسکا۔ حالانکہ راشد معز کو یقین تھا وہ دنیا کے سبھی لوگوں سے بڑھ کر تھی۔ سٹیٹ، میتھ کی ڈرلز کرتے وہ اسکی ذہانت کی داد بارہا دے چکا تھا۔ پر اپنے چھوٹے سے صحن کو شراپ شراپ دھونے کے بعد، اڑتے رنگ والے کپڑوں کے اڑسے پائینچے برابر کر کے جب وہ اپنے گھر کی دیوار سے ملی اکیڈیمی کی تین سیڑھیاں چڑھتی تھی تو حقیقت اس کے روم روم میں بس رہی ہوتی۔ اور پھر راشد معز کی دنیا تین گلیوں کے اڑتیس بچے ہی تو تھے۔

پر بیاہ کر اپنے سات بہن بھائیوں بھری دنیا چھوڑ کر، راشد معز کے گھر اور اسکی اکیڈمی آنے تک، اس سے وہ سب سیکھنے تک جو وہ پڑھ چکا تھا، اور راشد کی ایکسیڈنٹ میں جواں مرگی تک کا سفر اس نے قدم بھر میں ہی طے کیا تھا۔ نہ اس نے راشد کے بے جان جسم کو گواہ بنا کر کوئی قسم کھائی تھی۔ نہ سال بھر کا مونی اس کا کوئی سہارا تھا۔ بنا زاد راہ سمندر پار کا سفر بھی کچھ اتنا خوشگوار نہیں تھا۔ لیکن اسے یقین تھا زندگی کے پاس اس کے لیے اور مواقع ہیں۔ اس نے ان مواقع کو ڈھونڈ بھی لیا تھا۔ وہ مسلم کمیونٹی کی روح رواں بھی تھی۔ سکول کمیٹی کی ممبر بھی۔ بنک کی ملازمت، لوگ اس پر رشک کرتے تھے اور وہ اسی کی عادی ہو چکی تھی۔

پر آج سوالوں کا دن تھا۔ دل خالی تھا۔ جیسے اسکا پسندیدہ کھلونا چھینا جانے والا ہو۔ جیسے وہ پھر سے ہار جانے والی ہو۔ وہ قاسم کو مونی سے دور کرنے کا سوچتے دور ہی نکل گئی تھی جب اچانک شدید درد کے احساس سے اس کی چیخ نکلی۔ قاسم نے اپنا تیز پھل والا چاقو اس کی کمر میں اتار دیا تھا۔ کھلے دروازے سے وہ کب اندر آیا تھا اور کیوں۔ تبسم سمجھ نہ سکی پر اس کی قوت ارادی ابھی میدان نہ چھوڑنا چاہتی تھی۔ قاسم کو قابو میں کر کے چاقو لینے کی خواہش اور بچنے کی خواہش اور مونی کی خاطر اور جینے کی خواہش میں وہ زخم کھاتی گئی۔ میز پر ترتیب سے سجے کٹورے اور پیالے ایک اک کر کے گرتے رہے۔ پھر دروازے کے پیچھے چھپے مونی کی اک جھلک اس کو ہرا گئی۔ وہ قاسم نہیں مونی تھا۔ مسکراہٹ اور چیخ ساتھ ساتھ اس کے لب پر ٹوٹی۔ اسے لگا گیلی مٹی اسکے پیروں تلے بھیگ رہی تھی۔ اور اسے وہ نرمی اور ٹھنڈک اچھی لگنے لگی۔ قاسم میز سے روپے اٹھا رہا تھا۔ اور وہ ٹوٹا کھلونا بنی گہری اترتی جا رہی تھی۔

***

نیلی

فریدوں

رنگوں کی دنیا نرالی ہے۔ انسانوں کی طرح رنگ بھی خوشی غمی جلاپے اور بڑھاپے کا شکار ہوتے ہیں، انسانوں کی ہی طرح اپنی ذات میں الگ الگ ہیں۔ مثلاً میرے تکیے پہ سفید رنگ کا جو غلاف ہے اس پہ میرا پسینہ اور بال گرنے کے باعث ایک نقش بنتا ہے جو اسے دنیا کے تمام سفید رنگوں سے ممتاز کرتا ہے اور اس کی سفیدی میں ایک خشک سے بھورے رنگ کی تار رخنہ ڈال رہی ہے۔ بے پناہ رنگ میں اگر رخنہ ڈال دیا جائے تو اس کی عفت پہ داغ لگ جاتا ہے اور پھر اس رنگ کا خریدار بازارِ دنیا سے غائب ہو جاتا ہے۔ اسے صرف وہی سہارا دے تو دے جس نے اس کی ذات میں رخنہ ڈالا ہو ورنہ اس کا نصیب رنگریز کا دوارہ ہی ہے۔ جہاں جا کر رنگوں میں من و تو کا فرق مٹ جاتا ہے۔ ہر رنگ وہاں سے دھل دھلا کر نکلتا ہے۔ اس کے بعد رنگ کی اپنی شخصیت ختم ہو جاتی ہے۔ اور رنگ کے نام کے ساتھ رنگریز کا نام جڑ جاتا ہے۔۔

میں کہہ رہا تھا کہ رنگ اپنے آپ میں جدا ہوتا ہے۔۔ الگ۔۔ قبیلے کی طرح، نسل کی طرح۔۔۔ جس طرح اولادِ آدم میں مختلف رنگوں، چہروں نے اپنے اپنے الگ گروہ بنا لیے۔ سفید رنگ والے اپنی دنیا بسانے مغرب کے برف زاروں کی طرف چل پڑے، کالوں کو افریقہ کی جھلسی ہوئی زمین سے رزق اور گرماہٹ نصیب ملی۔۔ چپٹوں کو ہمالہ کی

چوٹیوں نے اپنی بانہوں میں بھر لیا۔ بعینیہ اسی طرح سب رنگ پہلے ایک ہی گھر میں رہتے تھے۔ اولادِ آدم کی طرح سب کی خصلتیں اور شکلیں جدا جدا تھیں۔۔ ان میں سفید تھا، اپنی ازلی پاکیزگی میں گم۔ دھیرے دھیرے بولتا ہوا۔۔ سرخ تھا ہر ایک کے سر چڑھتا ہوا، لڑاکا مگر چنچل۔ سیاہ تھا اسرار اور جاہ و حشمت میں کی تصویر۔۔۔ پھر ان رنگوں کی علیحدگی کا حکم ہوا۔ سو یوں رنگ بھی اپنی اپنی خصلتوں سمیت قبائل میں بٹ گئے۔۔

***

ان میں نیلا بھی تھا۔ بردبار اور متحمل۔ مددگار و معاون۔ مہمیز لگانے والا۔ اس کی زرد کے ساتھ خوب جمتی۔ پھر رنگوں کو جب انسانوں سے میل جول بڑھانے کا حکم ہوا تو یہ انسانوں کی دنیا میں بھی آنے لگے۔ ان کی دوستی ہوئی اور خصلتوں کے مطابق دوست چنے گئے۔۔۔ نیلے کی دوستی بھی آدم کے ان بیٹوں بیٹیوں سے ہوئی جو اسی کی طرح تھے۔۔۔ مددگار، بردبار، اپنے حال میں مست۔۔ دنیا کو اپنی نظروں سے دیکھنے والے، متجسس۔ اپنے قوانین بنانے والے۔

حوا کی ایک بیٹی کا نیلے سے میل جول ہوا جو بڑھتا ہی رہا۔۔ کہتے ہیں خربوزے کو دیکھ کر خربوزہ رنگ پکڑتا ہے، مگر یہاں تو نیلے کو دیکھ کر نیلی رنگ پکڑ رہی تھی۔ اگر رنگوں میں جنس کا تصور انسانوں کی طرح ہوتا تو یہ لڑکی مونث نیلا ہوتی، مگر کیا ہے کہ ایک تو وہ لڑکی انسانوں کی دنیا سے ہے اور دوسرے رنگوں میں جنس کا وہ تصور نہیں۔ سو نیلا بھی اس لڑکی پہ اپنا آپ لٹانے لگا۔ اور نیلی جو پہلے ہی نیلے کی طبیعت پہ تھی سیر سے سوا سیر ہو گئی۔۔ معاون، اکیلی، ہٹیلی اور حال مست۔۔ بردبار اور محبتی، نک سک سے تیار ہو کر ہانڈی چولہا کرنے لگتی۔ مگر ہمیشہ اپنی مرضی سے پکاتی، سارا گھر مرچوں کو رو رہا ہے تو اگلے دن تاؤ میں آکر سبزیاں ابال ڈالتی اس کا بس چلے تو ہر شے پہ نیلا رنگ پھیر دے۔۔

نیلی سفید پیدا ہوئی تھی۔ متوسط طبقے کے اس گھر میں جو مٹھائی آئی نیلی۔ اس برفی جیسی تھی۔ رنگداروں کے گھر پوری قیف تھی رنگوں کی۔ سرخ، سبز، زرد، سفید۔ تھا اور سیاہ۔ گھر سفید اور سیاہ نے مل کر بنایا تھا جس کا رنگ سرمئی تھا۔ جہاں سیاہ کو اپنی حدود کا پتہ تھا اور سفید کو حقوق و فرائض کا۔ سفید قدرتی طور پہ ہم رنگ ہونے کے باعث سفید کے زیادہ قریب تھی۔ یوں گھر کا سرمئی جھنڈا مزید مائل بہ سفیدی ہو گیا۔

سفید نیلی بننے سے پہلے بہت عرصہ سفید ہی رہی۔ ہر چیز کو معصومیت سے منعکس کرنے والی۔ ہنستی ہوئی۔ رنگ بکھیرتی ہوئی۔۔۔۔۔ پھر بڑے سفید کا بلاوا آ گیا اور پرچم مکمل سیاہ ہو گیا۔۔۔۔ وقت کی ہوا گھر کے پرچم پہ مختلف رنگوں کے حاشیے اتارتی لپیٹتی رہی۔ سفید پہ بھی اب سیاہی غالب آنے لگی تھی جس میں ایک حصہ وقت کی آندھی کے ساتھ آنے والے گرد و غبار کا بھی رہا۔ رفتہ رفتہ سفید پہ ایک اور رنگ چڑھنے لگا۔ اب وہ سفید و کہلانے لگی تھی۔ پھر رنگوں کی دنیا سے نیلا رنگ کسی انسان کی تلاش میں آیا اور یہ لڑکی اسے عجیب سی لگی۔ سو وہ اسے نیلی کر گیا۔ یوں سفید نیلی کہلانے لگی۔

اب نیلی، نیلی ہے۔ سوا سیر۔ خاموشی سے پڑھتی لکھتی تھی پر اب بحث کرتی ہے۔ زبان سے تڑاخ مارتی ہے۔ کتابوں سے ڈھڑ ادھڑ چاٹی ہوئی دانش لوگوں کے منہ پہ تھوکتی ہے۔ تصوف اور فلسفے کا شوق ہے مگر بات لمبی ہو جائے تو پسینے چھوٹنے لگتے ہیں اور نماز کی نیت باندھ لیتی ہے۔ اپنی ہٹ میں سیدھا بھاگتی ہے اور فرار ہو کر اسی گھر کا دروازہ پناہ کے لیے جا بجاتی ہے جہاں جانے سے بچنے کے لیے فرار ہوئی تھی۔

نیلی میں وسعت کی خواہش اور جذب کرنے کا جذبہ ازل سے بھرا ہے۔ آرٹ، اور کتابوں کو کھوجنے سے دل بھرے تو دنیا جہان کے گرمائی سرمائی مقامات کی تصویریں دیکھ دیکھ آہیں بھرتی ہے اور پھر انقلابِ فرانس دیکھنے کی دعائیں مانگنے لگتی ہے کہ آرٹ کو جوان

ہوتے ہوئے دیکھ سکے۔ نہیں جانتی اگر اس وقت ہوتی تو لازماً کسی تلوار کی پیاس بجھاتی۔

نیلی قدرتی طور پہ دبلی پتلی تھی۔ اور جب نیلین ہوئی تو اور بھی دبلی ہو گئی ہر وقت جتی رہتی۔ مگر کرتی اپنی مرضی۔ کمرے کی دیواریں، پردے، میز پوش غرض ہر شے کو نیلا کر لیا تھا۔۔ صبح نیلے تکیے سے سر اٹھا کر نیلا پردہ ہٹاتی ہے اور نیلی چپل پہن کر نیلا ڈوپٹہ اوڑھتی ہے اور دن کرنے نکل پڑتی ہے۔ رات گئے کتابیں پڑھتی ہے اور سیاہ کی چاپ سنتے ہی بتی بجھا کر نیلے کمبل میں دبک جاتی ہے۔۔۔۔

تمام تر ہٹ اور بغاوت کے باوجود سیاہ سے نیلی کی جان جاتی ہے۔ شاید اسے ڈر ہے کہ جس طرح وہ سفید سے نیلی ہوئی، اسی طرح ایک روز سیاہ ہو جائے گی۔ اس تغیر سے بچنے کی پوری کوشش کرتی ہے۔ سیاہ کی بات مانتے مانتے بھی اپنی دلیل اس میں شامل رکھتی ہے کہ مبادا آنکھ بند کر کے عمل کرنے سے کسی دن سیاہ ہی نہ ہو جائے، خود اطمینانی کی ایک دلیل۔

نیلی کے دوستوں کے کئی دائرے ہیں۔ نیلے دوست، سفید دوست اور رنگ برنگے دوست۔ سفید دائرہ اسے دورِ سفید کی یاد دلاتا رہتا ہے تو وہ خوب کھل جاتی ہے، نیلے دائرے کو ایک حد تک رکھتی ہے کہ اپنے پن میں کہیں اس کا من ناپڑھ لیں۔ اور رنگ برنگے دوستوں میں من موجی ہے۔ قابو نہیں آتی۔

نیلی جب سے نیلی ہوئی ہے اسی رنگ کی عملی تصویر بن چکی ہے۔ بردبار اور میل جول رکھنے والی، دوستیاں پالتی ہے مگر ایک حد تک۔ محنتی ہے مگر کرے گی اپنی، ایک پل میں سارے زمانے سے لڑ لے گی مگر کام اور ہٹ دونوں نہیں چھوڑے گی۔۔ اس چیز پہ نہ اس نے کبھی سمجھوتہ کیا اور نہ ہی کرے گی۔ چاہے سیاہ ہی کیوں نا ہونا پڑے۔

***

بادلوں کا سفر

سیدہ سمارا شاہ

سمندر سے نزدیکی کی وجہ سے ہوا میں نمی کی مقدار زیادہ تھی۔ درجہ حرارت اگرچہ زیادہ نہیں تھا لیکن نمی کی وجہ سے حبس کا احساس تھا۔ بدلیاں آسمان پر اڑتی پھرتی تھیں۔ وہ کبھی سورج کے ساتھ آنکھ مچولی کھیلتیں اور کبھی چاند کے ساتھ اٹھکیلیوں میں مشغول ہو جاتیں۔ ہوا کے جھونکے انہیں جھولا جھلاتے ہوئے کہیں سے کہیں پہنچا دیتے۔ وہ اپنی شوخیوں اور دھن میں اس قدر مگن تھیں کہ انہیں ایک لمحے کو بھی یہ خیال نہیں آیا کہ ذرا رک کر نیچے زمین پہ بھی جھانک کر دیکھ لیں، جہاں شہر کے باسی ان پر نظریں جمائے بیٹھے تھے، اس آس میں کہ کھل کر نہ سہی، پھوار کی طرح ہی ان کے جھلسے ہوئے جسموں پر یہ بادل برس جائیں۔

شہر سے دور ساحل سمندر پہ الگ ہی نظارہ تھا۔ شہر کے لوگ جہاں اپنے جھلسے ہوئے جسموں کے لئے پانی کی بوندیں برسنے کے منتظر تھے۔ وہیں کچھ لوگ تانبے جیسے بدن کے حصول کے لئے خود کو جھلسا رہے تھے۔ ساحل پر قطار در قطار کرسیاں لگی ہوئی تھیں، جن پر بلا تخصیص جنس لیٹے ہوئے لوگ غسل آفتابی میں مشغول تھے۔ مختصر ترین لباس میں ملبوس مرد و زن سمندر، لہروں، سورج، ہواؤں سب کو شرمندہ کئے دے رہے تھے، ماسوائے انسانوں کے۔۔۔

یہ بیچ عام رسائی سے دور تھی اور صرف غیر ملکیوں اور طبقہ امراء کے لئے مخصوص تھی۔ یہی وجہ تھی کہ وہاں دوسرے ساحلوں کے مقابلے میں غیر معمولی حد تک رش کم تھا۔ اس جگہ پہ حکومت کے ساتھ ساتھ انسانیت کے قوانین بھی لاگو نہیں تھے۔

کچھ دور ایک میوزیکل گروپ آرکسٹرا بجا رہا تھا۔ ساحل پہ دعوتِ خاص جاری تھی۔ سیٹھ ہمدان نے دوسرے سرمایہ کاروں کو وہاں مدعو کیا ہوا تھا۔ سمندر پار سے بھی مہمان مدعو تھے۔ ملکی اور غیر ملکی مہمانوں کا جمگھٹا تھا۔ یہ دعوت ان کے کاروبار کے لئے بہت اہم تھی۔ ان کے سرمائے میں برکت کا دارومدار شرکاء دعوت کی خوشنودی پہ تھا، انہوں نے خاطر داری میں کوئی کمی نہ چھوڑی تھی۔ مہمانوں کی تواضع کے لئے ایک طرف باربی کیو ہو رہا تھا۔ دوسری طرف اوپن ایئر بار میں ہر طرح کے مشروبات مہیا کئے جا رہے تھے۔ رنگ برنگے ملبوسات میں خوبصورت عورتوں کے ساتھ برکت کے حصول کے لئے تمام لوازمات پورے تھے۔

مہمان بھی پارٹی سے بھرپور حظ اٹھا رہے تھے۔ قہقہوں اور باتوں کا ایک طوفان برپا تھا۔ اس شور میں آرکسٹرا کی آواز کبھی دب جاتی اور کبھی ابھر آتی۔ دیسی مہمان چھتریوں کے سائے میں پارٹی سے لطف اندوز ہو رہے تھے۔ جبکہ غیر ملکی مہمان پانی میں جا کر سمندر سے لطف اندوز ہو رہے تھے۔ سیٹھ ہمدان کی اپنے عملے کو خصوصی ہدایت تھی کہ مہمانوں کی تواضع میں کوئی دقیقہ فروگزاشت نہ ہونے پائے۔ ان کا عملہ بھاگ بھاگ کر مہمانوں کی دیکھ بھال میں مصروف تھا۔ وہ خود بھی وقتاً فوقتاً انتظامات دیکھ رہے تھے۔

فائزہ نے حال ہی میں سیٹھ ہمدان کی فرم میں نوکری شروع کی تھی۔ ایسی کسی پارٹی میں شرکت کا اس کا یہ پہلا موقع تھا۔ وہ پارٹی کے رنگ ڈھنگ دیکھ کر انگشت بدنداں تھی۔ اگرچہ اس کا تعلق کسی مذہبی گھرانے سے نہیں تھا، لیکن وہ اتنی آزاد خیال نہیں تھی

کہ حرام اور حلال کا فرق ہی بھول جاتی اور گناہ ثواب کے فلسفے کو نظر انداز کر دیتی۔ وہ دل ہی دل میں کراہیت محسوس کر رہی تھی اور پارٹی کے ماحول سے حتی الامکان لاتعلق رہنے کی کوشش کر رہی تھی۔ وہ پہلی دفعہ دیکھ رہی تھی کہ کاروباری ڈیلز کس طرح طے ہوتی ہیں۔ اسے سیٹھ ہمدان کی بات یاد آئی، "کسی کانٹریکٹ کو لینے کے لئے فیزیبیلٹی کا درست ہونا اہم نہیں بلکہ برکت ہونا ضروری ہے۔" اور یہ برکت کس طرح حاصل کی جاتی تھی، اس کا مظاہرہ یہاں اس کی نظروں کے سامنے تھا۔ اس کے ساتھی برکت کے حصول میں بڑھ چڑھ کر حصہ لے رہے تھے۔ وہ اس کو ایسے مہروں کی طرح لگ رہے تھے جن کی چال کسی اور کے ہاتھوں میں تھی، اس میں اور دیگر میں فرق بس اتنا تھا کہ وہ ایک ہلکے سے اشارے پر پٹنے کو تیار تھے اور وہ خود، ایک ایسے اڑیل مہرے کی طرح تھی جو حکم ملنے پر بھی اپنی جگہ نہ چھوڑے۔

"کیا بات ہے فائزہ۔؟ آپ کی طبیعت تو ٹھیک ہے نا۔؟" اس کی عدم دلچسپی اس کے ایک ساتھی نے بھی محسوس کر لی تھی۔ "جی میں ٹھیک ہوں۔" اس نے تیز ہوا سے اڑتے ہوئے بالوں کو پکڑتے ہوئے جواب دیا۔

"آپ انجوائے نہیں کر رہیں۔ تھک گئی ہیں کیا۔؟"

"یہاں انجوائے کرنے کے لئے ہے ہی کیا۔؟" وہ غیر محسوس طور پہ تلخ ہو گئی۔

"کیا مطلب۔؟" اس کے کولیگ نے ادھر ادھر دیکھتے ہوئے محتاط انداز میں پوچھا۔

"جانے دیں۔" فائزہ نے بات ختم کرتے ہوئے کہا اور خود بھی دوسری سمت بڑھ گئی۔

سورج کا اپنے ٹھکانے کی طرف سفر جاری تھا، لیکن ابھی اس کی منزل آنے میں کچھ گھنٹے باقی تھے۔ دعوتِ خاص اپنے عروج پہ تھی۔ زیادہ تر مہمان آرکسٹرا کی دھن پر

رقص میں مصروف تھے، جب تھک جاتے تو واپس آکر مے نوشی میں مصروف ہو جاتے۔ سمندر اور صنفِ مخالف کی قربت مدہوشی کو اور بھی بڑھا رہی تھی۔

"ہیلو، !بیوٹی فل ینگ لیڈی۔۔" پینتالیس سالہ مارک نے فائزہ کے پاس بیٹھتے ہوئے انگریزی میں کہا۔ وہ اس کمپنی کا مینیجنگ ڈائریکٹر تھا، جس سے ٹھیکہ لینے کے لئے سیٹھ ہمدان نے یہ پارٹی رکھی تھی۔ اس حساب سے وہ اس پارٹی کا مہمان خصوصی تھا۔

"ہیلو۔" فائزہ نے ایک نظر اس پر ڈالتے ہوئے مختصر جواب دیا۔

"تم سب سے مختلف ہو۔۔۔یہاں کوئی بھی عورت تمہاری طرح نہیں ہے۔۔۔۔" فائزہ نے منہ دوسری طرف پھیر لیا۔

"تمہاری یہی ادا تو مجھے بھا گئی ہے سویٹ ہارٹ۔ یہاں ساری عورتیں میری جھولی میں گرنے کے لئے تیار ہیں، اور تم دوسری طرف منہ کئے بیٹھی ہو۔" مارک نشے میں بول رہا تھا۔ فائزہ اپنی جگہ سے اٹھ گئی۔ اور دوسری طرف جانے لگی، لیکن مارک نے اس کا ہاتھ پکڑ لیا۔ فائزہ اپنی جگہ سن ہو گئی، وہ سارا وقت پارٹی کے ماحول سے الگ تھلگ رہی تھی، اور اب مارک کی حرکت اس کی برداشت سے باہر تھی۔ وہ اس بے تکلفی کی اجازت کسی صورت نہیں دے سکتی تھی۔ اس نے ہاتھ چھڑانے کی کوشش کی۔ لیکن نشے میں بھی مارک کی گرفت بہت مضبوط تھی۔

"چھوڑو مجھے۔" اس کے اعصاب چیخ گئے تھے۔ اڑیل مہرے نے پٹنے سے انکار کر دیا تھا۔ موسیقی اور قہقہوں کے طوفان میں اس کی آواز کسی انسان کے کان تک نہیں پہنچ سکی۔

چھوڑو مجھے۔۔۔ لیکن یہ آواز ہواؤں کے دوش پہ آسمان پر اڑتی بدلیوں تک ضرور جا پہنچی۔ لاپرواہی سے گھومتے ہوئے بادل یہ سن کر رک گئے۔ انہوں نے نیچے جھانک کر

دیکھا۔۔۔ساحل پہ ابلیسی محفل جاری تھی۔۔۔۔۔ ہر طرف ابلیسی پسند کی کالک چھائی ہوئی تھی۔۔۔۔۔ اللہ کا خلیفہ، اپنے کھلے دشمن کے اشاروں پہ محور قص تھا اور اپنی مقرر کردہ حدود سے تجاوز کر رہا تھا۔۔۔۔۔ ان کے غیض و غضب کی حد نہ رہی۔ آسمان پر اٹھلاتی ہوئی بدلیاں ایک ایک کر کے اکھٹی ہونے لگیں۔ گھنگور گھٹا ہر طرف چھا گئی۔ سارے دن کے شرمندہ سورج نے موقع ملتے ہی بدلیوں کے پیچھے اپنا منہ چھپا لیا۔ ایک بجلی کوندی، اور ساتھ ہی ایک زور دار چنگھاڑ سنائی دی۔ ساحل والوں نے سر اٹھا کر حیرت سے آسمان کی طرف دیکھا۔ موسم کی پیش گوئی کے مطابق بارش کا کوئی امکان نہیں تھا۔ وہ پھر سے مشغول ہو گئے۔ یہ ڈھٹائی دیکھ کر ہوائیں بھی جوش میں آ گئیں۔ سمندر بھی اپنا دبا ہوا غصہ نکالنے لگا۔ لہریں جوار بھاٹے میں بدلنے لگیں۔ لوگ سمندر سے نکل کر باہر آنے لگے۔ ہواؤں کے زور سے چھتریاں اکھڑ رہی تھیں۔ کرسیاں اڑ کر دور دور گر رہی تھیں۔ کاغذی گلاس اور پلیٹیں ہر طرف بکھر رہے تھے۔ غضبناک بادلوں میں سے مسلسل بجلیاں کوندر ہی تھیں۔

ٹپ ٹپ ٹپ۔۔۔ بوندیں برسیں، پھر تو جیسے تانتا بندھ گیا۔ شہر والوں نے خلاف توقع زور دار گرج چمک کے ساتھ ہونے والی بارش کو اچنبھے سے دیکھا۔ لوگ اپنے جھلسے ہوئے بدنوں کے ساتھ گھروں سے باہر نکل آئے۔ ساحل پہ اب بھی الگ نظارہ تھا۔ وہاں موجود لوگ موسم کی اچانک تبدیلی پر نالاں تھے۔ ان کے خیال میں محکمہ موسمیات اتنا نااہل تھا کہ وہ بارش کے ہونے یا نہ ہونے کا صحیح حساب بھی نہیں لگا سکتا تھا۔ سارا دن سورج کی تیز شعاعوں کا سامنا کرنے کے بعد وہ اب اپنے آپ کو بارش کے قطروں سے بچانے کے لئے ڈھانپ رہے تھے۔ انسانیت اپنے جامے میں واپس آ رہی تھی۔ بارش سے سب کا

نشہ اتر رہا تھا۔۔۔۔ بادلوں کا غصہ کم نہیں ہو رہا تھا۔ ان کی گرج چمک مسلسل جاری تھی۔۔۔۔ ہواؤں کی تندی سے بارش اور سمندر طوفانی انداز اختیار کر رہے تھے۔ اونچی اونچی لہریں بے لگام ہو رہی تھیں۔ ابلیسی دعوت کے رنگ میں بھنگ پڑ گیا تھا۔ کیسی دعوت، کونسا کانٹریکٹ، کہاں کی برکت، اور کیسی موسم کی پیش گوئی۔ شرکاء دعوت سب بھول کر اب وہاں سے بخیریت نکلنے کی فکر میں تھے۔ فائزہ حیرت اور خوشی سے تائید غیبی کو دیکھ رہی تھی۔

ابلیسی کھیل کے ختم ہونے پہ بادلوں کا غصہ کچھ کم ہوا۔ ہوا بھی سست پڑ گئی، سورج نے پھر سے منہ باہر نکال لیا۔ بادلوں نے ساحل سے توجہ ہٹائی اور دوسرے علاقوں میں جھانکنا شروع کیا۔

صحرا میں آج کھل کے مینہ برسا تھا۔ ہر طرف خوشی کا سماں تھا۔ لوگ ایک دوسرے کو مبارکبادیں دے رہے تھے۔ ہر طرف سے ہنسی اور خوشی کی آوازیں آ رہی تھیں۔

گاوں سے گزرتی ہوئی واحد سڑک، جس پر برائے نام ٹریفک گزرتا تھا، پہ سالوں سے مرمت نہ ہونے کی وجہ سے جا بجا گڑھے بنے ہوئے تھے۔ جب کوئی گاڑی ان کے اوپر سے گزرتی تو جھٹکوں کی وجہ سے صحرا میں سفر کی اذیت دوچند ہو جاتی۔ مسافروں کے منہ سے نا چاہتے ہوئے بھی مغلظات نکل جاتیں، گویا تمام اذیتوں اور تکلیفوں کا باعث یہ خستہ حال سڑک اور گڑھے ہی ہوں۔ یہی گڑھے آج پانی سے بھرے ہوئے تھے۔ بارش کا پانی صحرا کی ریتلی اور پیاسی زمین میں جذب ہو چکا تھا۔ اب صرف انہی گڑھوں میں بارش کا کچھ پانی موجود تھا۔

"اری او بسنتی! کیا کر رہی ہے، جلدی کر لے۔ کچھ ہی دیر میں سارا پانی خشک ہو

جائے گا۔ پھر بیٹھی رہنا مہینوں انہی میلے کپڑوں میں" ماسی نے بسنتی کو ٹوکتے ہوئے کہا، وہ خود بھی ایک نسبتاً گہرے گڑھے کے پاس بیٹھی تھی۔ اور شڑاپ شڑاپ کپڑے دھوئے جا رہی تھی۔ مہینوں بعد اسے اپنے کپڑے دھونے کے لئے وافر پانی ملا تھا۔

" پانی بہت ہے آج ماسی! سارے کپڑے دھل جائیں گے" بسنتی نے ہنستے ہوئے جواب دیا۔ بارش کی خوشی میں بسنتی کو ماسی کی سخت بات بھی ٹھنڈے پانی کی پھوار جیسی لگ رہی تھی۔

"بہت بہت کرتی رہ جائے گی۔۔۔ جب پانی ختم ہو جائے گا تب پوچھوں گی تجھ سے۔" ماسی نے اسے کہا۔ اس کی بڑبڑاہٹ پر بسنتی غصہ ہونے کی بجائے کھکھلا کر ہنس پڑی۔ اور پھر لہرا لہرا کر دھلے ہوئے کپڑے سڑک کے کنارے اگی جھاڑیوں پر پھیلانے میں لگ گئی۔ خوشی اس کے انگ انگ سے ظاہر تھی۔ ماسی نے ایک نظر اس کو حیرت سے دیکھا اور پھر خود بھی اس کے ساتھ ہنسنے لگ گئی۔ بسنتی کا دو سالہ بیٹا ایک نزدیکی گڑھے میں چھپ چھپ کر رہا تھا۔ ماسی نے مڑ کر دیکھا گاؤں کی دوسری عورتیں بھی اپنے ان دھلے کپڑوں کی گٹھڑیاں سر پہ اٹھائے چلی آتی تھیں۔ وہ ان کی طرف متوجہ ہو گئی، "اری او کیسے سستی سے چل رہی ہے، جلدی جلدی چل، پانی خشک ہو گیا تو بیٹھی رہے گی انہی میلے کپڑوں میں۔"

بادلوں کا ملال صحرا میں زندگی کی نوید دیکھ کر ختم ہو گیا۔ ساحل پہ ان کی بپا کی ہوئی زحمت صحرا کے باسیوں کے لئے خوشی اور رحمت کا پیغام لے کر آئی تھی۔ انہوں نے ایک دوسرے کی طرف دیکھا اور کھل کے مسکرا دئے۔ ہوا انہیں اڑا کر دور لے گئی۔

* * *